炉边独语

梁启超散文精选

梁启超　著

泰山出版社·济南·

图书在版编目（CIP）数据

梁启超散文精选 / 梁启超著. -- 济南：泰山出版社，2023.11

（炉边独语）

ISBN 978-7-5519-0804-7

Ⅰ.①梁… Ⅱ.①梁… Ⅲ.①散文集－中国－现代 Ⅳ.① I266

中国国家版本馆CIP数据核字（2023）第094801号

LUBIAN DUYU LIANGQICHAO SANWEN JINGXUAN

炉边独语：梁启超散文精选

责任编辑　池　骋
装帧设计　路渊源

出版发行　泰山出版社
　　　　社　　　址　济南市泺源大街2号　邮编　250014
　　　　电　话　综 合 部（0531）82023579　82022566
　　　　　　　　出版业务部（0531）82025510　82020455
　　　　网　　　址　www.tscbs.com
　　　　电子信箱　tscbs@sohu.com
印　　刷　山东通达印刷有限公司
成品尺寸　150 mm×230 mm　16开
印　张　12
字　数　152千字
版　次　2023年11月第1版
印　次　2023年11月第1次印刷
标准书号　ISBN 978-7-5519-0804-7
定　价　39.00元

凡　例

一、本书收录了作者的散文经典文章或片段节选，主要展现了作者的学术历程、情感操守，以及当时的时代风貌等。

二、将所选文章改为简体横排，以适应当代的阅读习惯。所选文章尽量依照原作，以保持文章的时代韵味，部分内容参照当下最新的整理成果进行了适当修改。

三、所选文章没有标题或者标题重复的，编辑时另行拟加或改拟。

四、对有些当时惯用的文字，如"的""地""得""作""做""哪""那""吧""罢""化钱""记帐"等，仍多遵照旧用。

目录

论中国积弱由于防弊

[1896年10月27日]

先王之为天下也公，故务治事；后世之为天下也私，故务防弊。务治事者，虽不免小弊，而利之所存，恒足以相掩。务防弊者，一弊未弭，百弊已起，如葺漏屋，愈葺愈漏；如补破衲，愈补愈破。务治事者，用得其人则治，不得其人则乱。务防弊者，用不得其人，而弊滋多，即用得其人，而事亦不治。

自秦迄明，垂二千年，法禁则日密，政教则日夷，君权则日尊，国威则日损。上自庶官，下自亿姓，游于文网之中，习焉安焉，驯焉扰焉，静而不能动，愚而不能智，历代民贼，自谓得计，变本而加厉之。及其究也，有不受节制，出于所防之外者二事：曰夷狄，曰流寇。二者一起，如汤沃雪，遂以灭亡，于是昔之所以防人者，则适足为自敝之具而已。

梁启超曰：吾尝读史，鉴古今成败兴废之迹，未尝不悁悁而悲也。古者长官有佐无贰，所以尽其权，专其责，易于考绩。（《王制》、《公羊传》、《春秋繁露》所述官制，莫不皆然。独《周礼》言建其正立其贰，故既有冢宰、司徒、宗伯、司马、司寇、司空，复有小宰、小司徒、小宗伯、小司马、小司寇、小司空。凡正皆卿一人，凡贰皆中大夫二人，此今制一尚书、两侍郎之所自出。《周礼》伪书，误尽万世者也。）汉世九卿，尚沿斯制。（汉、晋间，太常等尚无少卿，后魏太和十五年始有之。）后世惧一部之事，一人独专其权也，于是既有尚书，复有侍郎，重以管部，计一部而长官七人，人人无权，人人无责，防之诚密矣。然不相掣肘，即相推诿，无一事能举也。古者大国百里，小国五十，各亲其民，而上统于天子，诸侯所治之地，犹今之县令而已。汉世犹以郡领县，而郡守则直达天子。后世惧亲民之官，权力过重也。于是为监司以防之，又虑监司之专权也；为巡抚、巡按等以防之，又虑抚、按之专权也；为节制总督以防之，防之诚密矣。然而守令竭其心力以奉长官，犹惧不得当，无暇及民事也；朘万姓脂膏，为长官苞苴，虽厉民而位则固也。古者任官，各举所知，内不避亲，外不避雠，汉、魏之间，尚存此意。故左雄在尚书，而天下号得人，毛玠、崔琰为东曹掾，而士皆砥砺名节。后世虑选人之请托，铨部之徇私也，于是崔亮、裴光庭定为年劳资格之法，孙丕扬定为掣签之法，防之诚密矣。然而奇才不能进，庸下不能退，则考绩废也；不为人择地，不为地择人，则吏治隳也。古者乡官，悉用乡人，（《周礼》、《管子》、《国语》具详之。）汉世掾尉，皆土著为之。（《京房传》：房为魏郡太守。自请得除用他郡人。可知汉时掾属，无不用本郡人者，房之此请，乃是破格。）盖使耳目相近，督察易力。后世虑其舞弊也，于是隋文革选，尽用他郡，然犹南人选南，北人选北。（宋政和六年，诏知县注选，虽甚远，无过三十驿，三十驿者，九百里也。）明之君相，以为未足，于是创南北互选之法，防之诚密矣。然赴任之人，动数千里，必须举债，方可到官，非贪污无以自存也；土风不谙，语言难晓，政权所寄，多在猾胥，而官为缀旒也。古者公卿，自置室老，汉世三府，开阁辟士，九卿三辅郡国，咸自署吏，（顾氏《日知录》云："鲍宣为豫州牧，郭钦奏其举错烦苛，代二千石署吏。"是知署吏乃二千石之职，州牧代之，尚为烦苛，今以天子而代之，宜乎事烦而职不举。）所以臂指相使，情义相通。后世虑其植党市恩也，于是一命以上，皆由吏部，防之诚密矣。然长佐不习，耳目不真，或长官有善政，而末由奉行，或小吏有异才，而不能自见也。

古者用人，皆久于其任，封建世卿无论矣，自余庶官，或一职而终身任之，且长子孙焉。爰及汉世，犹存此意，故守令称职者，玺书褒勉，或累秩至九卿，终不迁其位，盖使习其地，因以竟其功。后世恐其久而弊生也，于是定为几年一任之法，又数数迁调，宜南者使之居北，知礼者使之掌刑，防之诚密矣。然或欲举一事，未竟而去官，则其事废也，每易一任，必经营有年，乃更举一事，事未竟而去如初。故人人不能任事，而其盘踞不去，世其业者，乃在胥吏，则吏有权而官无权也。古者国有大事，谋及庶人。汉世亦有议郎、议大夫、博士、议曹、不属事、不直事，以下士而议国政，（余别有《古议院考》。）所以通下情，固邦本。后世恐民之讪己也，蔑其制，废其官，防之诚密矣。然上下隔绝，民气散萔，外患一至，莫能为救也。古者三公，坐而论道，其权重大，其体尊严。（三公者一相二伯。）汉制丞相用人行政，无所不统，盖君则世及，而相则传贤，以相行政，所以救家天下之穷也。后世恐其专权敌君也，渐收其权归之尚书，渐收而归之中书，而归之侍中，而归之内阁：渐易其名为尚书令，为侍中，为左右仆射、中书侍郎、门下侍郎，为平章政事同三品，为大学士；渐增其员为二人，为四人，乃至十人；渐建其贰为同平章事、参知政事，为协办大学士。其位日卑，其权日分，于是宰相遂为天子私人，防之诚密矣。然政无所出，具官盈廷，徒供画诺，推诿延阁，百事丛脞也。古者科举，皆出学校，教之则为师，官之则为君。汉、晋以降，犹采虚望。后世虑士之沽名，官之徇私也，于是为帖括诗赋以锢之，浸假而锁院，而搜检，而糊名，而誊录，而回避。若夫试官，固天子近侍亲信之臣，亲试于廷，然后出之者也，而使命一下，严封其宅焉，所至严封其寓焉，行也严封其舟车焉，若槛重囚，防之诚密矣。然暗中摸索，探筹赌戏，驱人于不学，导人以无耻，而关节请托之弊，卒未尝绝也。

古之学者，以文会友，师儒之官，以道得民。后世恐其聚众而持清议也，于是戒会党之名，严讲学之禁，防之诚密矣。然而儒不谈道，独学孤陋，人才凋落，士气不昌，徒使无忌惮之小人，借此名以陷君子，为一网打尽之计也。古者疑狱，氾与众共，悬法象魏，民悉读之，盖使知而不犯，冤而得伸。后世恐其民之狡赖也，端坐堂皇以耸之，陈列榜杨以胁之，防之诚密矣。然刁豪者益藉此以吓小民，愿弱者每因此而戕身命，猾吏附会例案，上下其手，冤气充塞，而莫能救正也。古者天子时巡，与国人交，君于其臣，贱亦答拜。汉世丞相谒天子，御座为起，在舆为下；郡县小吏，常得召见。后世恐天泽之分不严也，九重深闭，非执政末由得见，防之诚密矣。然生长深宫，不闻外事，见贤士大夫之时少，亲宦官宫妾之时多，则主德必昏也；上下暌孤，君视臣如犬马，臣视君如国人也。凡百庶政，罔不类是，虽更数仆，悉数为难。悠悠二千岁，莽莽十数姓，谋谟之臣比肩，掌故之书充栋，要其立法之根，不出此防弊之一心。谬种流传，遂成通理，以慎密安静为美德，以好事喜功为恶词，容容者有功，硁硁者必缺，在官者以持禄保位为第一义，缀学者以束身自好为第一流。大本既拨，末亦随之，故语以开铁路，必曰恐妨舟车之利也；语以兴机器，必曰恐夺小民之业也；语以振商务，必曰恐坏淳朴之风也；语以设学会，必曰恐导标榜之习也；语以改科举，必曰恐开躁进之门也；语以铸币楮，必曰恐蹈宋元之辙也；语以采矿产，必曰恐为晚明之续也；语以变武科，必曰恐民挟兵器以为乱也；语以轻刑律，必曰恐民藐法纪而滋事也。坐此一念，百度不张。譬之怔病，自惊自忄旦，以废寝食；譬之痿病，不痛不痒，僵卧床蓐，以待死期，岂不异哉！岂不伤哉！

防弊之心乌乎起？曰：起于自私。请言公私之义，西方之言曰：人人有自主之权。何谓自主之权？各尽其所当为之事，各得其所应有之利，公莫大焉，如此则天下平矣！防弊者欲使治人者有权，而受治者无权，收人人自主之权，而归诸一人，故曰私。虽然，权也者，兼事与利言之也。使以一人能任天下人所当为之事，则即以一人独享天下人所当得之利，君子不以为泰也。先王知其不能也，故曰"不患寡，而患不均"，又曰"君子有絜矩之道"，言公之为美也。地者积人而成，国者积权而立，故全权之国强，缺权之国殃，无权之国亡。何谓全权？国人各行其固有之权。何谓缺权？国人有权者，有不能自有其权者。何谓无权？不知权之所在也。无权恶乎起？曰：始也欲以一人而夺众人之权，然众权之繁之大，非一人之智与力所能任也，既不能任，则其权将麋散堕落，而终不能以自有。虽然，向者众人所失之权，其不能复得如故也，于是乎不知权之所在。故防弊者，始于争权，终于让权。何谓让权？天下有事，上之天子，天子曰议以闻，是让权于部院；部院议可，移文疆吏，是让权于督抚；督抚以颁于所属，是让权于州县；州县以下于有司，是让权于吏胥。一部之事，尚侍互让；一省之事，督抚互让；一国之事，君民互让。争固不可也，让亦不可也。争者损人之权，让者损己之权。争者半而让者半，是谓缺权；举国皆让，是谓无权。夫自私之极，乃至无权，然则防弊何为乎？吾请以一言蔽之，曰：因噎而废食者必死，防弊而废事省必亡。

自由书（节选）

成　败

［1899年8月26日］

　　凡任天下大事者，不可不先破成败之见。然破此见，大非易事，必知天下之事无所谓成，无所谓败，参透此理而笃信之，则庶几矣。何言乎无所谓成？天下进化之理无有穷也，进一级更有一级，透一层更有一层。今之所谓文明大业者，自他日观之，或笑为野蛮，不值一钱矣。然则所谓成者果何在乎？使吾之业能成于一国，而全世界应办之事复无限，其不成者正多矣。使吾之业能成于一时，而来世界应办之事复无限，其不成者正多矣。况即以一时一国论之，欲求所谓美满圆好、毫无缺憾者，终不可得。其有缺憾者，即其不成者也。盖世界之进化无穷，故事业亦因之无穷，而人生之年命、境运、聪明、才力则有穷，以有穷者入于无穷者，而欲云有成，万无是处。何言乎无所谓败？天下之理，不外因果。不造因，则断不能结果；既造因，则无有不结果。而其结果之迟速远近，则因其内力与外境而生种种差别。浅见之徒，偶然未见其结果，因谓之为败云尔。不知败于此者，或成于彼；败于今者，或成于后；败于我者，或成于人。尽一分之心力，必有一分之补益，故惟日孜孜，但以造因为事，则他日结果之收成，必有不可量者。若怵于目前以为败矣败矣，而不复办事，则遂无成之一日而已。故办事者，立于不败之地者也；不办事者，立于全败之地者也。苟通乎此二理，知无所谓成，则无希冀心；知无所谓败，则无恐怖心。无希冀心，无恐怖心，然后尽吾职分之所当为，行吾良知所不能自已，奋其身以入于世界中，磊磊落落，独往独来，大丈夫之志也，大丈夫之行也。

日本维新之首功，西乡乎？木户乎？大久保乎？曰：唯唯否否。伊藤乎？大隈乎？井上乎？后藤乎？板垣乎？曰：唯唯否否。诸子皆以成为成者也。若以败为成者，则吉田松阴其人是也。吉田诸先辈造其因，而明治诸元勋收其果。无因则无果，故松阴辈当为功首也。考松阴生平欲办之事，无一成者：初欲投西舰逃海外求学而不成，既欲纠志士入京都勤王而不成，既欲遣同志阻长藩东上而不成。事事为当道所抑压，卒坐吏议就戮，时年不过三十。其败也，可谓至矣！然松阴死后，举国志士，风起水涌，卒倾幕府，成维新，长门藩士最有力焉，皆松阴之门人也。吾所谓败于今而成于后，败于己而成于人，正谓是也。丈夫以身任天下事，为天下耳，非为身也，但有益于天下，成之何必自我？必求自我成之，则是为身也，非为天下也。

吉田松阴曰：今之号称正义人，观望持重者，比比皆是，是为最大下策。何如轻快拙速，打破局面，然后徐图占地布石之为胜乎？又曰：士不志道则已，苟志道矣，而畏祸惧罪，有所不尽于言，取容当世，贻误将来，岂君子学者之所为哉？又曰：今日事机之会，朝去夕来，使有志之士随变喜怒于其间，何能有为？又曰：当今天下之事，有眼者皆见而知之，吾党为任甚重，立志宜大，不可区区而自足。又曰：生死离合，人事倏忽，但不夺者志，不灭者业。天地间可恃者，独是而已。死生原是开阖眼，祸福正如反覆手。呜呼，大丈夫之所重，在彼不在此也！又曰：今世俗有一说曰，时尚未至，轻动取败，何如浮沉流俗，免人怪怒，乘时一起，攫取功名耶？当今所谓有志之士，皆抱持此说。抱持此说者，岂未思今上皇帝之宸忧乎？宸忧如彼，犹抱持此说，非士之有志者也。以上各条，吾愿以书诸绅，亦愿我同志以书诸绅。

读松阴之集，然后知日本有今日之维新者，盖非偶然矣。老子曰：不为天下先。盖为天下先者，未有不败者也。然天下人人皆畏败而惮先，天下遂以腐坏不可收拾。吉田松阴之流，先天下以自取败者也。天下之事，往往有数百年梦想不及者，忽焉一人倡之，数人和之，不数年而遍于天下焉。苟无此倡之之一人，则或沉埋隐伏，更历数十年、数百年而不出现，石沉大海，云散太虚而已。然后叹老氏之学之毒天下，未有艾也！

英雄与时势

[1899年9月15日]

或云英雄造时势，或云时势造英雄，此二语皆名言也。为前之说者曰：英雄者，人间世之造物主也。人间世之大事业，皆英雄心中所蕴蓄而发现者,虽谓世界之历史即英雄之传记,殆无不可也。故有路得,而后有新教;有哥仑布,然后有新洲;有华盛顿,然后有美国独立;有俾士麦,然后有德国联邦。为后之说者曰:英雄者,乘时者也,非能造时者也。人群之所渐渍积累、旁薄蕴蓄,既已持满而将发,于斯时也,自能孕育英雄以承其乏,故英雄虽有利益及于人群,要不过以其所受于人群之利益而还附之耳。故使路得非生于十六世纪(西人以耶苏纪年,一百年为一世纪。)而生于第十世纪,或不能成改革宗教之功;使十六世纪即无路得,亦必有他人起而改革之者。其他之实例亦然,虽无歌白尼,地动之说终必行于世;虽无哥仑布,美洲新世界终必出现。余谓两说皆是也。英雄固能造时势,时势亦能造英雄,英雄与时势二者如形影之相随,未尝少离。既有英雄,必有时势;既有时势,必有英雄。呜呼!今日禹域之厄运,亦已极矣!地球之杀气,亦已深矣!《孟子》不云乎:以其数则过矣,以其时考之则可矣。斯乃举天下翘首企足喁喁焉望英雄之时也,二三豪俊为时出,整顿乾坤济时了,我同志,我少年,其可自菲薄乎?

意大利当罗马久亡、教皇猖披、奥国干涉、岌岌不可终日之时,而始有嘉富洱。普鲁士当日耳曼列国散漫积弱、见制法人、国体全失之时,而始有俾斯麦。美利坚当受英压制、民不聊生之时,而始有华盛顿。然则人特患不英不雄耳,果为英雄,则时势之艰难危险何有焉?暴雷烈风,群鸟戢翼恐惧,而蛟龙乘之飞行绝迹焉;惊涛骇浪,鲦鱼失所错愕,而鲸鲲御之一徙千里焉。故英雄之能事,以用时势为起点,以造时势为究竟。英雄与时势,互相为因,互相为果,造因不断,斯结果不断。

养心语录

[1899年9月15日]

人之生也，与忧患俱来。苟不尔，则从古圣哲可以不出世矣。种种烦恼，皆为我练心之助；种种危险，皆为我练胆之助。随处皆我之学校也，我正患无就学之地，而时时有此天造地设之学堂以饷之，不亦幸乎？我辈遇烦恼危险时，作如是观，未有不洒然自得者。

凡办事必有阻力，其事小者，其阻力亦小；其事愈大，其阻力亦愈大。阻力者，乃由天然，非由人事也。故我辈惟当察阻力之来而排之，不可畏阻力之来而避之。譬之江河，千里入海，曲折奔赴，遇有沙石则挟之而下，遇有山陵则绕越而行，要之必以至海为究竟。办事遇阻力者，当作如是观。至诚所感，金石为开，何阻之有焉？苟畏而避之，则终无一事可办而已，何也？天下固无无阻力之事也。

理想与气力

[1899年9月25日]

普相士达因曰：无哲学的理想者，不足以为英雄；无必行敢为之气力者，亦不足以为英雄。日本渡边国武述此语而引申其义曰：今人之弊，有理想者无气力，立于人后以冷笑一世；有气力者无理想，排他人以盲进于政界。饮冰主人曰：理想与气力兼备者，英雄也。有理想而无气力，犹不失为一学者。有气力而无理想，犹不失为一冒险家。我中国四万万人，有理想者几何人？有气力者几何人？理想、气力兼备者几何人？嗟乎！国于天地，必有与立。念及此，可为寒心。

中国魂安在乎

［1899年12月23日］

日本人之恒言，有所谓日本魂者，有所谓武士道者。又曰日本魂者何？武士道是也。日本之所以能立国维新，果以是也。吾因之以求我所谓中国魂者。皇皇然大索之于四百余州，而杳不可得。吁嗟乎，伤哉！天下岂有无魂之国哉？吾为此惧。

或曰尚武之风，由激厉而成也。朝廷以此为荣途，民间以此为习惯，于是武士道出焉。吾中国向来薄视军士，其兵卒不啻奴隶，则谓从军苦也固宜。自由主人曰：此固一义也，然犹有未尽者。尚武之风，由人民之爱国心与自爱心两者和合而成也。人人皆有性命财产，国家之设兵以保人人之性命财产，故民之为兵者，不啻各自为其性命财产而战也。以此为战，战犹不勇者，未之闻也。不观两乡之械斗者乎，其子弟相率冲锋陷阵，其老弱相率馈饮食，虽欲禁之而不能焉。彼固各自为其剥肤之利害与切己之荣辱也。故吾观于械斗，而知吾中国所谓武士道之种子在于是矣。

今中国之有兵也，所以钤制其民也。夺民之性命财产，私为己有，惧民之知之而复之也，于是乎有兵。故政府之视民也如盗贼，民之视政府亦如盗贼；兵之待民也如草芥，民之待兵也亦如草芥。似此者，虽日日激厉之、奖荣之，以求成所谓武士道者，必不可得矣。尔来当道者知兵之不可以已也，相率而讲之练之，奖之劝之，荣禄、张之洞之徒则其人也。吾见其每年糜数千万之饷，而兵之不可用如故也。何也？方且相视以盗贼，相待以草芥，欲振之，孰从而振之？夫是之谓无魂之兵。无魂之兵者，犹无兵也。

今日所最要者，则制造中国魂是也。中国魂者何？兵魂是也。有有魂之兵，斯为有魂之国。夫所谓爱国心与自爱心者，则兵之魂也。而将欲制造之，则不可无其药料与其机器。人民以国家为己之国家，则制造国魂之药料也。使国家成为人民之国家，则制造国魂之机器也。

忧国与爱国

[1899年12月23日]

有忧国者，有爱国者。爱国者语忧国者曰：汝曷为好言国民之所短？曰：吾惟忧之之故。忧国者语爱国者曰：汝曷为好言国民之所长？曰：吾惟爱之之故。忧国之言，使人作愤激之气；爱国之言，使人厉进取之心。此其所长也。忧国之言，使人堕颓放之志；爱国之言，使人生保守之思。此其所短也。朱子曰：教学者如扶醉人，扶得东来西又倒。用之不得其当，虽善言亦足以误天下。为报馆主笔者，于此中消息不可不留意焉！

今天下之可忧者，莫中国若；天下之可爱者，亦莫中国若。吾愈益忧之，则愈益爱之；愈益爱之，则愈益忧之。既欲哭之，又欲歌之。吾哭矣，谁欤踊者？吾歌矣，谁欤和者？

日本青年有问任公者曰：支那人皆视欧人如蛇蝎，虽有识之士亦不免，虽公亦不免，何也？任公曰：视欧人为蛇蝎者，惟昔为然耳。今则反是，视欧人如神明，崇之、拜之、献媚之、乞怜之，若是者比比皆然，而号称有识之士者益甚。昔惟人人以为蛇蝎，吾故不敢不言其可爱。今惟人人以为神明，吾故不敢不言其可嫉。若语其实，则欧人非神明非蛇蝎，亦神明亦蛇蝎，即神明即蛇蝎。虽然，此不过就客观的言之耳。若自主观的言之，则我中国苟能自立也，神明将奈何？蛇蝎又将奈何？苟不能立也，非神明将奈何？非蛇蝎又将奈何？

惟 心

[1900年3月1日]

境者，心造也。一切物境皆虚幻，惟心所造之境为真实。同一月夜也，琼筵羽觞，清歌妙舞，绣帘半开，素手相携，则有余乐；劳人思妇，对影独坐，促织鸣壁，枫叶绕船，则有余悲。同一风雨也，三两知己，围炉茅屋，谈今道故，饮酒击剑，则有余兴；独客远行，马头郎当，峭寒侵肌，流潦妨毂，则有余闷。"月上柳梢头，人约黄昏后"与"杜宇声声不忍闻，欲黄昏，雨打梨花深闭门"，同一黄昏也，而一为欢慰，一为愁惨，其境绝异。"桃花流水杳然去，别有天地非人间"与"人面不知何处去，桃花依旧笑春风"，同一桃花也，而一为清净，一为爱恋，其境绝异。"舳舻千里，旌旗蔽空。酾酒临江，横槊赋诗"与"浔阳江头夜送客，枫叶荻花秋瑟瑟。主人下马客在船，举酒欲饮无管弦"，同一江也，同一舟也，同一酒也，而一为雄壮，一为冷落，其境绝异。然则天下，岂有物境哉？但有心境而已。戴绿眼镜者，所见物一切皆绿；带黄眼镜者，所见物一切皆黄。口含黄连者，所食物一切皆苦；口含蜜饴者，所食物一切皆甜。一切物果绿耶，果黄耶，果苦耶，果甜耶？一切物非绿、非黄、非苦、非甜，一切物亦绿、亦黄、亦苦、亦甜，一切物即绿、即黄、即苦、即甜。然则绿也、黄也，苦也、甜也，其分别不在物而在我，故曰三界惟心。

有二僧因风飏刹幡，相与对论。一僧曰风动，一僧曰幡动，往复辩难无所决。六祖大师曰：非风动，非幡动，仁者心自动。任公曰：三界惟心之真理，此一语道破矣。天地间之物一而万、万而一者也，山自山，川自川，春自春，秋自秋，风自风，月自月，花自花，鸟自鸟，万古不变，无地不同。然有百人于此，同受此山此川此春此秋此风此月此花此鸟之感触，而其心境所现者百焉。千人同受此感触，而其心境所现者千焉。亿万人乃至无量数人同受此感触，而其心境所现者亿万焉，乃至无量数焉。然则欲言物境之果为何状，将谁氏之从乎？仁者见之谓之仁，智者见之谓之知，忧者见之谓之忧，乐者见之谓之乐，吾之所见者即吾所受之境之真实相也。故曰惟心所造之境为真实。

然则欲讲养心之学者，可以知所从事矣。三家村学究，得一第，则惊喜失度，自世胄子弟视之何有焉。乞儿获百金于路，则挟持以骄人，自富豪家视之何有焉。飞弹掠面而过，常人变色，自百战老将视之何有焉。一箪食一瓢饮，在陋巷，人不堪其忧，自有道之士视之何有焉。天下之境，无一非可乐可忧可惊可喜者，实无一可乐可忧可惊可喜者。乐之忧之惊之喜之，全在人心。所谓天下本无事，庸人自扰之，境则一也，而我忽然而乐，忽然而忧，无端而惊，无端而喜，果胡为者？如蝇见纸窗而竞钻，如猫捕树影而跳掷，如犬闻风声而狂吠，扰扰焉送一生于惊喜忧乐之中，果胡为者？若是者，谓之知有物而不知有我。知有物而不知有我，谓之我为物役，亦名曰心中之奴隶。

是以豪杰之士，无大惊，无大喜，无大苦，无大乐，无大忧，无大惧。其所以能如此者，岂有他术哉？亦明三界唯心之真理而已，除心中之奴隶而已。苟知此义，则人人皆可以为豪杰。

慧　观

［1900年3月1日］

同一书也，考据家读之，所触者无一非考据之材料；词章家读之，所触者无一非词章之材料；好作灯谜酒令之人读之，所触者无一非灯迷酒令之材料；经世家读之，所触者无一非经世之材料。同一社会也，（即人群。）商贾家入之，所遇者无一非锱铢什一之人；江湖名士入之，所遇者无一非咬文嚼字之人；求宦达者入之，所遇者无一非谄上凌下衣冠优孟之人；怀不平者入之，所遇者无一非陇畔辍耕、东门倚啸之人。各自占一世界，而各自谓世界之大已尽于是，此外千形万态，非所见也，非所闻也。昔有白昼攫金于齐市者，吏捕而诘之曰：众目共视之地，汝攫金不畏人耶？其人曰：吾彼时只见有金，不见有人。夫一市之人之多，非若秋毫之末之难察也，而攫金者不知之，此其故何哉？昔有佣一蠢仆执爨役者，使购求食物于市，归而曰市中无食物。主人曰：嘻！鱼也豕肉也芥也姜也，何一不可食者？于是仆适市购辄得之。既而亘一月，朝朝夕夕所食者，皆鱼也豕肉也芥也姜也。主人曰：嘻！盍易他味？仆曰：市中除鱼与豕肉与芥与姜之外，无有他物。夫一市之物之多，非若水中微虫必待显微镜然后能睹也，而蠢仆不知之，此其故何哉？

任公曰：吾观世人所谓智者，其所见与彼之攫金人，与此之蠢仆相去几何矣？李白、杜甫满地，而衣袯襫、携锄犁者必不知之。计然、范蠡满地，而摹禹行、效舜趋者必不知之。陈涉、吴广满地，而飨五鼎、鸣八驺者必不知之。其不知也，则直谓世界中无有此等人也。虽日日以此等人环集于其旁，而彼之视为无有固自若也。不此之笑，而惟笑彼之攫金者与此之蠢仆，何其蔽欤？

人谁不见苹果之堕地，而因以悟重力之原理者，惟有一奈端。人谁不见沸水之腾气，而因以悟汽机之作用者，惟有一瓦特。人谁不见海藻之漂岸，而因以觅得新大陆者，惟有一哥仑布。人谁不见男女之恋爱，而因以看取人情之大动机者，惟有一瑟士不亚。无名之野花，田夫刈之，牧童蹈之，而窝儿哲窝士于此中见造化之微妙焉。海滩之僵石，渔者所淘余，潮雨所狼藉，而达尔文于此中悟进化之大理焉。故学莫要于善观，善观者观滴水而知大海，观一指而知全身。不以其所已知蔽其所未知，而常以其所已知推其所未知，是之谓慧观。

无欲与多欲

[1901年12月1日]

顷读日本《国民新闻》，有德富苏峰氏所著论，题曰《无欲与多欲》，其论颇有精深透拔者，故录之而演其义。

苏峰子曰：

人无无欲者，或好色，或好货，或好名，或好学。要之，无有无欲者。即如禅寂之徒，以槁木死灰自命，然终不免有槁木死灰之欲。浅见者流，往往谓彼多欲也，此无欲也，皆妄生差别相而已。

近世之豪杰，如西乡南洲者，殆可谓无欲人矣。其诗云：吾家遗法君知否，不为儿孙买美田。世俗之欲，殆皆净尽。虽然，彼一日闻萨儿之暴发，忽牺牲其一身，甘与子弟为情死，遂歌曰：白发衰颜非所意，壮心横剑愧无勋。盖彼视其一身轻如鸿毛，而以不能立盖世之功为一生大憾事。果然，南洲可谓全无欲乎？

吾以为世俗之所谓无欲者，未必无欲；所谓多欲者，未必多欲。要而论之，则欲之有无多少，惟视其所欲之性质与种类如何耳。彼西乡南洲之眼中，或以平沼专藏辈为无欲之极，亦未可知也。贪夫徇财，烈士徇名，哲人徇道，其趋向不同，则其欲念之所主亦自不同耳。

人莫不欲其最上之物。若以美人为最上之物，则美人以外，一切屏弃以求之，不惜焉。若以金钱为最上之物，则金钱以外，一切屏弃以求之，不惜焉。以至他物他事，莫不例是。是故吾人不必求无欲，无欲者决非吾人之所能及也。无宁先自审择决定，以何物为最上，而集注一切之欲念以向之。究之无欲云者，无世俗之欲云尔。彼之所欲者，视世欲之欲，有加高焉，有加大焉，以此之故，故无暇日以顾俗欲。然则无欲云者，虽谓之以大欲克小欲，以高欲克卑欲，以清欲克浊欲焉，可也。

饮冰子曰：《孟子》曰：养心莫善于寡欲。《荀子》曰：凡人所欲多，其可用必多。斯二者各明一义，有并行而不相悖者焉。物质上之欲，惟患其多；精神上之欲，惟患其少。而欲求减物质上之欲，则非增精神上之欲不能为功。其消息之间，殆有一定之比例。释伽所以舍净饭太子之贵而苦行六年，摩西所以弃埃及职官之安而漂流万里，路得所以辞教皇不次之赏而对簿大廷，哥仑布所以抛里井优游之乐而投身遥海，曰惟有欲之故。燕雀乌知鸿鹄志，陈涉莽夫，犹能为此言，而况于亘古万国之圣贤豪杰乎？

孔子不云乎：我欲仁，斯仁至矣？今试问孔子有欲乎？曰：孔子天下之多欲而大欲者也。故曰：知之者不如好之者，好之者不如乐之者。孔子之于救天下利生民也，视之如流俗人之好饮食，好男女，好金钱，好名誉。岂惟孔子，凡古今来之圣贤豪杰，彼其毕生之所经营所贯注，旁观人观之为惊天动地，能人所难。百世之下，震骇之，膜拜之，而返诸彼圣贤豪杰之本心，亦不过视为纵欲之具而已。人见有男女之为情而死者，辄笑之曰：嘻！抑何其痴！而不知圣贤豪杰之为道而死，为国而死，为民而死，其与彼情死者，分量之大小，关系之重轻，虽有不同，至其专注一欲而断弃他欲，则一而已。夫是之谓至诚。呜呼！安所得有以宝玉、黛玉之痴情痴欲，以向于国民者乎？吾将执鞭以从之。

佛弟子问佛曰：何谓如来种？佛言：无明有爱，是如来种。无明有爱者，多欲之谓也。

说　悔

[1901年12月21日]

语曰：君子之作事也无悔。悔也者，殆非大贤豪杰之所常有乎？虽然，佛教曰忏悔，耶教曰悔改，孔子曰过则勿惮改。凡古今大宗教教育之主旨，无不提倡此义，以为立身进德不二法门，则又何也？

《大易》四动，曰吉、凶、悔、吝。吝者，凶之原，而悔者，吉之本也。悔何以为吉之本？凡人之性恶也，自无始以来，其无明之种子久已熏习于藏识中。故当初受生之始，而无量迷妄既伏于意根矣，及其住世间也，又受众生恶业熏习所成的社会之熏习。彼此相熏，日习日深，虽有善根，而常为恶根所胜，不克伸长，不克成熟，于是乎欲进德者，不可不以战胜旧习为第一段工夫。《大学》曰作新民，能去其旧染之污者，谓之自新；能去社会旧染之污者，谓之新民。若是者，非悔末由，悔也者，进步之原动力也。

子张，吴之驵侩也；颜涿聚，鲁之大盗也。而能受学孔子，为大儒，曰惟悔之故。大伽叶、富楼那，皆顽空之外道也，而能深通佛乘，列于十八大弟子之数，曰惟悔之故。保罗，与耶苏为难最力者也，而能转心归依，弘通彼教，功冠宗门，曰惟悔之故。至如卫之贤大夫蘧伯玉，行年五十而知四十九年之非。晋之名士周处，幼年为"三害"之一，后乃刻厉自新，为世名儒。以子夏大贤，而丧子丧明，怼天痛哭，自诉无罪，及闻曾子之面责，乃投杖而起曰：吾过矣，吾过矣，吾离群索居亦已久矣。彼其心地何等磊落，其气象何等俊伟，百世之下，如见其精神焉。下至文章雕虫小技，而杨子云犹称每著一书，悔其少作。曹子建言好人讥弹其文，有不善者，应时改定。兹事虽小，然彼等所以能在数千年文界卓然占一席者，亦岂不以是耶？魏武帝自言：曹操做事，从来不悔。曹操之所以能为英雄者以此，曹操之所以不能为君子者亦以此。悔之时义大矣哉！

悔之发生力有二途：一曰自内，二曰自外。自内发者，非有大智慧不能，否则如西语所谓"烟士披里纯"，有神力以为之助也。自外生者，或读书而感动焉，或阅事而感动焉，或听哲人之说法而感动焉，或闻朋友之规谏而感动焉。要之，当其悔也，恒皇然凛然有今是昨非之想，往往中夜瞿省，汗流浃背，自觉其前者所为不可以立于天地。所谓一念之间，间不容发，非独大贤豪杰有之，即寻常人亦莫不有焉。特视其既悔后之结果何如耳。

凡言悔者，必曰悔悟，又曰悔改。盖不悟则其悔不生，不改则其悔不成。《易》曰：不远复，无祗悔，元吉。孔子系之辞曰：颜氏之子，其殆庶几乎？有不善未尝不知，知之未尝复行也。是故非生其悔之难，而成其悔之难。曾文正曰：从前种种，譬犹昨日死；从后种种，譬犹今日生。故真能得力于悔字诀者，常如一新造之人立于世界。《大学》所谓"日日新"者耶，一人如是，则一身进步；国民如是，则一国进步。

悔改之与自信，反对之两极端也。佛法既言忏悔，又言不退转。今欲以悔义施诸教育，得无导人以退转之路耶？抑彼信道不笃，巽懦畏事，半途弃其主义者，岂不有所借口耶？曰：是又不然。《孟子》曰：自反而不缩，虽褐宽博，吾不惧焉；自反而缩，虽千万人，吾往矣。《大学》曰：所谓诚其意者，毋自欺也。好恶恶臭，如好好色，此之谓自慊。凡人之行事善不善，合于公理不合于公理，彼各人之良心常自告语之，非可以假借者也。是故昔不知其为善而弃之，昔不知其为恶而蹈之，或虽知之而偶不及检，遂从而弃之蹈之，及其既悟也，既悔也，则幡然自新焉，是之谓君子之悔。若乃前既已明知之矣，躬行之矣，而牵于薄俗，怵于利害，溺于私欲，忽然弃去，艾己尤人，是之谓小人之悔。君子之悔，其既悔既改也，常泰然若释重负，神明安恬；小人之悔，其既悔既改也，常觍然若背有芒，夜夜忐忑。君子之悔，一悔而不复再悔；小人之悔，且又将有大悔之在其后也。然则真能悔者，必真能不退转者也。何也？悔也者，进步之谓也，非退步之谓也。

希望与失望

［1903年11月2日］

希望者，灵魂之粮也。而希望常与失望相乘。失望者，希望之魔也。

今日我国民全陷落于失望时代。希望政府，政府失望；希望疆吏，疆吏失望；希望民党，民党失望；希望渐进，渐进失望；希望暴动，暴动失望；希望自力，自力失望；希望他力，他力失望。忧国之士，溢其热血，绞其脑浆，于彼乎，于此乎，皇皇求索者有年，而无一路之可通，而心血为之倒行，而脑筋为之瞀乱。今日青年界中多少连犿俶诡之现象，其起因殆皆在失望。

失望之恶果有二：其希望而不甚诚者，及其失望也，则退转；其希望而甚诚者，及其失望也，则发狂。今之志士，由前之说者十而七，由后之说者十而三。

少年中国说

（附《中国少年论》）

[1900年2月10日]

日本人之称我中国也，一则曰老大帝国，再则曰老大帝国。是语也，盖袭译欧西人之言也。呜呼！我中国其果老大矣乎？任公曰：恶！是何言！是何言！吾心目中有一少年中国在。

欲言国之老少，请先言人之老少。老年人常思既往，少年人常思将来。惟思既往也，故生留恋心；惟思将来也，故生希望心。惟留恋也，故保守；惟希望也，故进取。惟保守也，故永旧；惟进取也，故日新。惟思既往也，事事皆其所已经者，故惟知照例；惟思将来也，事事皆其所未经者，故常敢破格。老年人常多忧虑，少年人常好行乐。惟多忧也，故灰心；惟行乐也，故盛气。惟灰心也，故怯懦；惟盛气也，故豪壮。惟怯懦也，故苟且；惟豪壮也，故冒险。惟苟且也，故能灭世界；惟冒险也，故能造世界。老年人常厌事，少年人常喜事。惟厌事也，故常觉一切事无可为者；惟好事也，故常觉一切事无不可为者。老年人如夕照，少年人如朝阳。老年人如瘠牛，少年人如乳虎。老年人如僧，少年人如侠。老年人如字典，少年人如戏文。老年人如鸦片烟，少年人如泼兰地酒。老年人如别行星之陨石，少年人如大洋海之珊瑚岛。老年人如埃及沙漠之金字塔，少年人如西伯利亚之铁路。老年人如秋后之柳，少年人如春前之草。老年人如死海之潴为泽，少年人如长江之初发源。此老年与少年性格不同之大略也。任公曰：人固有之，国亦宜然。

任公曰：伤哉，老大也！浔阳江头琵琶妇，当明月绕船、枫叶瑟瑟、衾寒于铁、似梦非梦之时，追想洛阳尘中春花秋月之佳趣。西宫南内，白发宫娥，一灯如穗，三五对坐，谈开元、天宝间遗事，谱霓裳羽衣曲。青门种瓜人，左对孺人，顾弄孺子，忆侯门似海、珠履杂遝之盛事。拿破仑之流于厄蔑，阿剌飞之幽于锡兰，与三两监守吏或过访之好事者道当年短刀匹马，驰骋中原，席卷欧洲，血战海楼，一声叱咤，万国震恐之丰功伟烈，初而拍案，继而抚髀，终而揽镜。呜呼！面皴齿尽，白发盈把，颓然老矣。若是者，舍幽郁之外无心事，舍悲惨之外无天地，舍颓唐之外无日月，舍叹息之外无音声，舍待死之外无事业。美人、豪杰且然，而况于寻常碌碌者耶？生平亲友，皆在墟墓；起居饮食，待命于人；今日且过，遑知他日；今年且过，遑恤明年。普天下灰心短气之事，未有甚于老大者。于此人也而欲望以拿云之手段，回天之事功，挟山超海之意气，能乎不能？

呜呼！我中国其果老大矣乎？立乎今日以指畴昔，唐虞三代若何之郅治，秦皇汉武若何之雄杰，汉唐来之文学若何之隆盛，康乾间之武功若何之炬赫，历史家所铺叙，词章家所讴歌，何一非我国民少年时代良辰美景、赏心乐事之陈迹哉？而今颓然老矣，昨日割五城，明日割十城，处处雀鼠尽，夜夜鸡犬惊，十八省之土地财产已为人怀中之肉，四百兆之父兄子弟已为人注籍之奴，岂所谓老大嫁作商人妇者耶？呜呼！凭君莫话当年事，蕉萃韶光不忍看。楚囚相对，岌岌顾影，人命危浅，朝不虑夕。国为待死之国，一国之民为待死之民，万事付之奈何？一切凭人作弄，亦何足怪！

任公曰：我中国其果老大矣乎？是今日全地球之一大问题也。如其老大也，则是中国为过去之国，即地球上昔本有此国，而今渐渐灭，他日之命运殆将尽也。如其非老大也，则是中国为未来之国，即地球上昔未现此国，而今渐发达，他日之前程且方长也。欲断今日之中国为老大耶，为少年耶，则不可不先明国字之意义。夫国也者，何物也？有土地，有人民，以居于其土地之人民而治其所居之土地之事。自制法律而自守之，有主权，有服从，人人皆主权者，人人皆服从者。夫如是，斯谓之完全成立之国。地球上之有完全成立之国也，自百年以来也。完全成立者，壮年之事也；未能完全成立而渐进于完全成立者，少年之事也。故吾得一言以断之曰：欧洲列邦在今日为壮年国，而我中国在今日为少年国。

夫古昔之中国者，虽有国之名，而未成国之形也，或为家族之国，或为酋长之国，或为诸侯封建之国，或为一王专制之国。虽种类不一，要之其于国家之体质也，有其一部而缺其一部，正如婴儿自胚胎以迄成童，其身体之一二官支先行长成，此外则全体虽粗具，然未能得其用也。故唐虞以前为胚胎时代，殷周之际为乳哺时代，由孔子而来至于今为童子时代，逐渐发达，而今乃始将入成童以上少年之界焉。其长成所以若是之迟者，则历代之民贼有窒其生机者也。譬犹童年多病，转类老态，或且疑其死期之将至焉，而不知皆由未完全、未成立也，非过去之谓，而未来之谓也。

且我中国畴昔岂尝有国家哉？不过有朝廷耳。我黄帝子孙聚族而居，立于此地球之上者既几千年，而问其国之为何名则无有也。夫所谓唐、虞、夏、商、周、秦、汉、魏、晋、宋、齐、梁、陈、隋、唐、宋、元、明、清者，则皆朝名耳。朝也者，一家之私产也。国也者，人民之公产也。朝有朝之老少，国有国之老少，朝与国既异物，则不能以朝之老少而指为国之老少明矣。文、武、成、康，周朝之少年时代也；幽、厉、桓、赧，则其老年时代也。高、文、景、武，汉朝之少年时代也；元、平、桓、灵，则其老年时代也。自余历朝，莫不有之。凡此者，谓为一朝廷之老也则可，谓为一国之老也则不可。一朝廷之老且死，犹一人之老且死也，于吾所谓中国者何与焉？然则吾中国者，前此尚未出现于世界，而今乃始萌芽云尔。天地大矣，前途辽矣，美哉！我少年中国者乎。

玛志尼者，意大利三杰之魁也。以国事被罪，逃窜异邦，乃创立一会，名曰少年意大利。举国志士，云涌雾集以应之，卒乃光复旧物，使意大利为欧洲之一雄邦。夫意大利者，欧洲第一之老大国也，自罗马亡后，土地隶于教皇，政权归于墺国，殆所谓老而濒于死者矣，而得一玛志尼，且能举全国而少年之，况我中国之实为少年时代者耶？堂堂四百余州之国土，凛凛四百余兆之国民，岂遂无一玛志尼其人者？

龚自珍氏之集有诗一章，题曰《能令公少年行》。吾尝爱读之，而有味乎其用意之所存。我国民而自谓其国之老大也，斯果老大矣；我国民而自知其国之少年也，斯乃少年矣。西谚有之曰：有三岁之翁，有百岁之童。然则国之老少又无定形，而实随国民之心力以为消长者也。吾见乎玛志尼之能令国少年也，吾又见乎我国之官吏、士民能令国老大也，吾为此惧。夫以如此壮丽浓郁、翩翩绝世之少年中国，而使欧西、日本人谓我为老大者何也？则以握国权者皆老朽之人也，非哦几十年八股，非写几十年白折，非当几十年差，非捱几十年俸，非递几十年手本，非唱几十年喏，非磕几十年头，非请几十年安，则必不能得一官，进一职。其内任卿贰以上、外任监司以上者，百人之中，其五官不备者殆九十六七人也，非眼盲则耳聋，非手颤则足跛，否则半身不遂也。彼其一身，饮食、步履、视听、言语，尚且不能自了，须三四人在左右扶之、捉之乃能度日，于此而乃欲责之以国事，是何异立无数木偶而使之治天下也？且彼辈者，自其少壮之时，既已不知亚细、欧罗为何处地方，汉祖、唐宗是那朝皇帝，犹嫌其顽钝腐败之未臻其极，又必搓磨之、陶冶之，待其脑髓已涸、血管已塞、气息奄奄、与鬼为邻之时，然后将我二万里山河、四万万人命，一举而畀于其手。呜呼！老大帝国，诚哉其老大也。而彼辈者，积其数十年之八股、白折、当差、捱俸、手本、唱喏、磕头、请安，千辛万苦，千苦万辛，乃始得此红顶花翎之服色、中堂大人之名号，乃出其全副精神、竭其毕生力量以保持之。如彼乞儿拾金一锭，虽轰雷盘旋其顶上，而两手犹紧抱其荷包，他事非所顾也，非所知也，非所闻也。于此而告之以亡国也、瓜分也，彼乌从而听之？乌从而信之？即使果亡矣、果分矣，而吾今年既七十矣、八十矣，但求其一两年内洋人不来、强盗不起，我已快活过了一世矣。若不得已，则割三头两省之土地奉申贺敬以换我几个衙门，卖三几百万之人民作仆为奴以赎我一条老命，有何不可？有何难办？呜呼！今以所谓老后、老臣、老将、老吏者，其修身、齐家、治国、平天下之手段，皆具于是矣。西风一夜催人老，凋尽朱颜白尽头。使走无常当医生，携催命符以祝寿。嗟乎痛哉！以此为国，是安得不老且死？且吾恐其未及岁而殇也。

任公曰：造成今日之老大中国者，则中国老朽之冤业也；制出将来之少年中国者，则中国少年之责任也。彼老朽者何足道，彼与此世界作别之日不远矣，而我少年乃新来而与世界为缘，如僦屋者然，彼明日将迁居他方，而我今日始入此室处。将迁居者不爱护其窗棂，不洁治其庭庑，俗人恒情，亦何足怪？若我少年者，前程浩浩，后顾茫茫，中国而为牛为马为奴为隶，则烹脔鞭棰之惨酷，惟我少年当之；中国如称霸宇内，主盟地球，则指挥顾盼之尊荣，惟我少年享之。于彼气息奄奄、与鬼为邻者何与焉？彼而漠然置之，犹可言也；我而漠然置之，不可言也。使举国之少年而果为少年也，则吾中国为未来之国，其进步未可量也。使举国之少年而亦为老大也，则吾中国为过去之国，其澌亡可翘足而待也。故今日之责任不在他人，而全在我少年。少年智则国智，少年富则国富，少年强则国强，少年独立则国独立，少年自由则国自由，少年进步则国进步，少年胜于欧洲则国胜于欧洲，少年雄于地球则国雄于地球。红日初升，其道大光。河出伏流，一泻汪洋。潜龙腾渊，鳞爪飞扬。乳虎啸谷，百兽震惶。

鹰隼试翼，风尘吸张。奇花初胎，矞矞皇皇。干将发硎，有作其芒。天戴其苍，地履其黄。纵有千古，横有八荒。前途似海，来日方长。美哉！我少年中国，与天不老。壮哉！我中国少年，与国无疆。

三十功名尘与土，八千里外云和月。莫等闲，白了少年头，空悲切。此岳武穆《满江红》词句也，作者自六岁时即口受记忆，至今喜诵之不衰。自今以往，弃"哀时客"之名，更自名曰少年中国之少年。作者附识。

呵旁观者文

[1900年2月20日]

天下最可厌可憎可鄙之人，莫过于旁观者。

旁观者，如立于东岸观西岸之火灾，而望其红光以为乐；如立于此船观彼船之沉溺，而睹其凫浴以为欢。若是者，谓之阴险也不可，谓之狠毒也不可，此种人无以名之，名之曰无血性。嗟乎！血性者，人类之所以生，世界之所以立也，无血性，则是无人类、无世界也。故旁观者，人类之蟊贼，世界之仇敌也。

人生于天地之间，各有责任。知责任者，大丈夫之始也；行责任者，大丈夫之终也；自放弃其责任，则是自放弃其所以为人之具也。是故人也者，对于一家而有一家之责任，对于一国而有一国之责任，对于世界而有世界之责任。一家之人，各各自放弃其责任，则家必落；一国之人，各各自放弃其责任，则国必亡；全世界之人，各各自放弃其责任，则世界必毁。旁观云者，放弃责任之谓也。

中国词章家有警语二句，曰：济人利物非吾事，自有周公、孔圣人。中国寻常人有熟语二句，曰：各人自扫门前雪，不管他人瓦上霜。此数语者，实旁观派之经典也，口号也，而此种经典、口号，深入于全国人之脑中，拂之不去，涤之不净。质而言之，即"旁观"二字，代表吾全国人之性质也，是即"无血性"三字为吾全国人所专有物也。呜呼！吾为此惧。

旁观者，立于客位之意义也。天下事不能有客而无主，譬之一家，大而教训其子弟，综核其财产，小而启闭其门户，洒扫其庭除，皆主人之事也。主人为谁？即一家之人是也。一家之人，各尽其主人之职，而家以成。若一家之人，各自立于客位，父诿之于子，子诿之于父；兄诿之于弟，弟诿之于兄；夫诿之于妇，妇诿之于夫。是之谓无主之家。无主之家，其败亡可立而待也。惟国亦然，一国之主人为谁？即一国之人是也。西国之所以强者无他焉，一国之人各尽其主人之职而已。中国则不然，入其国问其主人为谁，莫之承也。将谓百姓为主人欤？百姓曰：此官吏之事也，我何与焉？将谓官吏为主人欤？官吏曰：我之尸此位也，为吾威势耳，为吾利源耳，其他我何知焉？若是乎一国虽大，竟无一主人也。无主人之国，则奴仆从而弄之，盗贼从而夺之固宜。《诗》曰：子有庭内，弗洒弗扫。子有钟鼓，弗鼓弗考。宛其死矣，他人是保。此天理所必至也，于人乎何尤！

夫对于他人之家、他人之国而旁观焉，犹可言也，何也？我固客也。（侠者之义，虽对于他家、他国亦不当旁观，今姑置勿论。）对于吾家、吾国而旁观焉，不可言也，何也？我固主人也，我尚旁观，而更望谁之代吾责也！大抵家国之盛衰兴亡，恒以其家中、国中旁观者之有无多少为差。国人无一旁观者，国虽小而必兴；国人尽为旁观者，国虽大而必亡。今吾观中国四万万人皆旁观者也，谓余不信，请征其流派。

一曰浑沌派。此派者，可谓之无脑筋之动物也。彼等不知有所谓世界，不知有所谓国，不知何者为可忧，不知何者为可惧，质而论之，即不知人世间有应做之事也。饥而食，饱而游，困而睡，觉而起，户以内即其小天地，争一钱可以陨身命。彼等既不知有事，何所谓办与不办；既不知有国，何所谓亡与不亡。譬之游鱼居将沸之鼎，犹误为水暖之春江；巢燕处半火之堂，犹疑为照屋之出日。彼等之生也，如以机器制成者，能运动而不能知觉；其死也，如以电气殛毙者，有堕落而不有苦痛，蠕蠕然度数十寒暑而已。彼等虽为旁观者，然曾不自知其为旁观者，吾命之为旁观派中之天民。四万万人中属于此派者，殆不止三万五千万人。然此又非徒不识字、不治生之人而已。天下固有不识字、不治生之人而不浑沌者，亦有号称能识字、能治生之人而实大浑沌者。大抵京外大小数十万之官吏，应乡、会、岁、科试数百万之士子，满天下之商人，皆于其中十有九属于此派者。

二曰为我派。此派者，俗语所谓遇雷打尚按住荷包者也。事之当办，彼非不知；国之将亡，彼非不知。虽然，办此事而无益于我，则我惟旁观而已；亡此国而无损于我，则我惟旁观而已。若冯道当五季鼎沸之际，朝梁夕晋，犹以五朝元老自夸；张之洞自言瓜分之后，尚不失为小朝廷大臣。皆此类也。彼等在世界中，似是常立于主位而非立于客位者。虽然，不过以公众之事业，而计其一己之利害。若夫公众之利害，则彼始终旁观者也。吾昔见日本报纸中，有一段最能摹写此辈情形者，其言曰：

　　吾尝游辽东半岛，见其沿道人民，察其情态，彼等于国家存亡之危机，如不自知者。彼等之待日本军队，不见为敌人，而见为商店之主顾客。彼等心目中不知有辽东半岛割归日本与否之问题，惟知有日本银色与纹银兑换补水几何之问题。

此实写出魑魅罔两之情状，如禹鼎铸奸矣。推为我之敝，割数千里之地，赔数百兆之款，以易其衙门咫尺之地而曾无所顾惜，何也？吾今者既已六七十矣，但求目前数年无事，至一瞑之后，虽天翻地覆，非所问也。明知官场积习之当改而必不肯改，吾衣领饭碗之所在也。明知学校科举之当变而不肯变，吾子孙出身之所由也。此派者，以老聃为先圣，以杨朱为先师。一国中，无论为官、为绅、为士、为商，其据要津、握重权者，皆此辈也。故此派有左右世界之力量，一国聪明才智之士皆走集于其旗下；而方在萌芽卵孵之少年子弟，转率仿效之，如麻疯、肺病者，传其种于子孙，故遗毒遍于天下。此为旁观派中之最有魔力者。

三曰呜呼派。何谓呜呼派？彼辈以咨嗟太息、痛哭流涕为独一无二之事业者也。其面常有忧国之容，其口不少哀时之语。告以事之当办，彼则曰：诚当办也，奈无从办起何！告以国之已危，彼则曰：诚极危也，奈已无可救何！再穷诘之，彼则曰：国运而已！天心而已！"无可奈何"四字，是其口诀；"束手待毙"一语，是其真传。如见火之起，不务扑灭，而太息于火势之炽炎；如见人之溺，不思拯援，而痛恨于波涛之澎湃。此派者，彼固自谓非旁观者也，然他人之旁观也以目，彼辈之旁观也以口。彼辈非不关心国事，然以国事为诗料；非不好言时务，然以时务为谈资者也。吾人读波兰灭亡之记，埃及惨状之史，何尝不为之感叹，然无益于波兰、埃及者，以吾固旁观也。吾人见非律宾与美血战，何尝不为之起敬，然无助于非律宾者，以吾固旁观也。所谓呜呼派者，何以异是？此派似无补于世界，亦无害于世界者，虽然，灰国民之志气，阻将来之进步，其罪实不薄也。此派者，一国中号称名士者皆归之。

四曰笑骂派。此派者，谓之旁观，宁谓之后观，以其常立于人之背后而以冷言热语批评人者也。彼辈不惟自为旁观者，又欲逼人使不得不为旁观者。既骂守旧，亦骂维新；既骂小人，亦骂君子。对老辈则骂其暮气已深，对青年则骂其躁进喜事。事之成也，则曰竖子成名；事之败也，则曰吾早料及。彼辈常自立于无可指摘之地，何也？不办事，故无可指摘：旁观，故无可指摘。己不办事而立于办事者之后，引绳批根以嘲讽掊击，此最巧黠之术，而使勇者所以短气，怯者所以灰心也。岂直使人灰心短气而已，而将成之事，彼辈必以笑骂沮之；已成之事，彼辈能以笑骂败之。故彼辈者，世界之阴人也。夫排斥人未尝不可，己有主义欲伸之，而排斥他人之主义，此西国政党所不讳也。然彼笑骂派果有何主义乎？譬之孤舟遇风于大洋，彼辈骂风、骂波、骂大洋、骂孤舟，乃至遍骂同舟之人，若问此船当以何术可达彼岸乎？彼等瞠然无对也。何也？彼辈借旁观以行笑骂。失旁观之地位，则无笑骂也。

五曰暴弃派。呜呼派者，以天下为无可为之事；暴弃派者，以我为无可为之人也。笑骂派者，常责人而不责己；暴弃派者，常望人而不望己也。彼辈之意，以为一国四百兆人，其三百九十九兆九亿九万九千九百九十九人中，才智不知几许，英杰不知几许，我之一人，岂足轻重？推此派之极弊，必至四百兆人，人人皆除出自己，而以国事望诸其余之三百九十九兆九亿九万九千九百九十九人，统计而互消之，则是四百兆人卒至实无一人也。夫国事者，国民人人各自有其责任者也，愈贤智则其责任愈大，即愚不肖亦不过责任稍小而已，不能谓之无也。他人虽有绝大智慧、绝大能力，只能尽其本身分内之责任，岂能有分毫之代我？譬之欲不食而使善饭者为我代食，欲不寝而使善睡者为我代寝，能乎，否乎？且我虽愚不肖，然既为人矣，即为人类之一分子也；既生此国矣，即为国民之一阿屯也。我暴弃己之一身，犹可言也；污蔑人类之资格、灭损国民之体面，不可言也。故暴弃者，实人道之罪人也。

六曰待时派。此派者，有旁观之实而不自居其名者也。夫待之云者，得不得未可必之词也。吾待至可以办事之时，然后办之，若终无其时，则是终不办也。寻常之旁观，则旁观人事；彼辈之旁观，则旁观天时也。且必如何然后为可以办事之时，岂有定形哉？办事者，无时而非可办之时；不办事者，无时而非不可办之时。故有志之士惟造时势而已，未闻有待时势者也。待时云者，欲觇风潮之所向，而从旁拾其余利，向于东则随之而东，向于西而随之而西，是乡愿之本色，而旁观派之最巧者也。

以上六派，吾中国人之性质尽于是矣，其为派不同，而其为旁观者则同。若是乎，吾中国四万万人果无一非旁观者也，吾中国虽有四万万人，果无一主人也。以无一主人之国，而立于世界生存竞争最剧最烈、万鬼环瞰、百虎眈视之大舞台，吾不知其如何而可也。六派之中，第一派为不知责任之人，以下五派为不行责任之人。知而不行，与不知等耳，且彼不知者犹有冀焉，冀其他日之知而即行也；若知而不行，则是自绝于天地也。故吾责第一派之人犹浅，责以下五派之人最深。

虽然，以阳明学知行合一之说论之，彼知而不行者，终是未知而已。苟知之极明，则行之必极勇。猛虎在于后，虽跛者或能跃数丈之涧；燎火及于邻，虽弱者或能运千钧之力。何也？彼确知猛虎、大火之一至，而吾之性命必无幸也。夫国亡种灭之惨酷，又岂止猛虎、大火而已？吾以为举国之旁观者直未知之耳，或知其一二而未知其究竟耳。若真知之，若究竟知之，吾意虽钳其手、缄其口，犹不能使之默然而息、块然而坐也。安有悠悠日月、歌舞太平如此，江山坐付他族，袖手而作壁上之观，面缚以待死期之至如今日者耶？嗟乎！今之拥高位、秩厚禄，与夫号称先达名士有闻于时者，皆一国中过去之人也。如已退院之僧，如已闭房之妇，彼自顾此身之寄居此世界，不知尚有几年，故其于国也，有过客之观。其苟且以偷逸乐，袖手以终余年，固无足怪焉。若我辈青年，正一国将来之主人也，与此国为缘之日正长，前途茫茫，未知所届。国之兴也，我辈实躬享其荣；国之亡也，我辈实亲尝其惨。欲避无可避，欲逃无可逃。其荣也，非他人之所得攘；其惨也，非他人之所得代。言念及此，夫宁可旁观耶？夫宁可旁观耶？吾岂好为深文刻薄之言以骂尽天下哉！毋亦发于不忍旁观区区之苦心，不得不大声疾呼，以为我同胞四万万人告也。

旁观之反对曰：任。孔子曰：天下有道，丘不与易也。孟子曰：如欲平治天下，当今之世，舍我其谁也？任之谓也。

保教非所以尊孔论

［1902年2月22日］

此篇与著者数年前之论正相反对，所谓我操我矛以伐我者也。今是昨非，不敢自默。其为思想之进步乎，抑退步乎？吾欲以读者思想之进退决之。著者识。

绪　论

近十年来，忧世之士往往揭三色旗帜以疾走号呼于国中，曰保国，曰保种，曰保教。其陈义不可谓不高，其用心不可谓不苦，若不佞者，亦此旗下之一小卒徒也。虽然，以今日之脑力眼力观察大局，窃以为我辈自今以往，所当努力者，惟保国而已，若种与教，非所亟亟也。何则？彼所云保种者，保黄种乎？保华种乎？其界限颇不分明。若云保黄种也，彼日本亦黄种，今且浡然兴矣，岂其待我保之？若云保华种也，吾华四万万人，居全球人数三分之一，即为奴隶为牛马，亦未见其能灭绝也。国能保则种自莫强，国不存则虽保此奴隶牛马，使孳生十倍于今日，亦奚益也？故保种之事，即纳入于保国之范围中，不能别立名号者也。至倡保教之议者，其所蔽有数端：一曰不知孔子之真相，二曰不知宗教之界说，三曰不知今后宗教势力之迁移，四曰不知列国政治与宗教之关系。今试一一条论之。

第一　论教非人力所能保

教与国不同。国者，积民而成，舍民之外更无国，故国必恃人力以保之。教则不然。教也者，保人而非保于人者也。以优胜劣败之公例推之，使其教而良也，其必能战胜外道，愈磨而愈莹，愈压而愈伸，愈束而愈远，盖其中自有所谓一种烟士披里纯（Inspiration）者，以嘘吸人之脑识，使之不得不从我，岂其俟人保之？使其否也，则如波斯之火教，印度之婆罗门教，阿剌伯之回回教，虽一时借人力以达于极盛，其终不能存于此文明世界，无可疑也。此不必保之说也。

抑保之云者，必其保之者之智慧能力远过于其所保者，若慈父母之保赤子，专制英主之保民是也。（保国不在此数。国者，无意识者也，保国实人人之自保耳。）彼教主者，不世出之圣贤豪杰，而人类之导师也。吾辈自问其智慧能力，视教主何如？而漫曰保之保之，何其狂妄耶！毋乃自信力太大，而亵教主耶？此不当保之说也。然则所谓保教者，其名号先不合于论理，其不能成立也固宜。

第二　论孔教之性质与群教不同

今之持保教论者，闻西人之言曰支那无宗教，辄怫然怒形于色，以为是诬我也，是侮我也。此由不知宗教之为何物也。西人所谓宗教者，专指迷信宗仰而言，其权力范围乃在躯壳界之外，以魂灵为根据，以礼拜为仪式，以脱离尘世为目的，以涅槃天国为究竟，以来世祸福为法门。诸教虽有精粗大小之不同，而其概则一也。故奉其教者，莫要于起信，（耶教受洗时，必诵所谓十信经者，即信耶稣种种奇迹是也。佛教有起信论。）莫急于伏魔。起信者，禁人之怀疑，窒人思想自由也；伏魔者，持门户以排外也。故宗教者，非使人进步之具也，于人群进化之第一期虽有大功德，其第二期以后，则或不足以偿其弊也。孔子则不然，其所教者，专在世界国家之事，伦理道德之原，无迷信，无礼拜，不禁怀疑，不仇外道，孔教所以特异于群教者在是。质而言之，孔子者，哲学家、经世家、教育家，而非宗教家也。西人常以孔子与梭格拉底并称，而不以之与释迦、耶稣、摩诃末并称，诚得其真也。夫不为宗教家，何损于孔子！孔子曰：未能事人，焉能事鬼；未知生，焉知死。子不语怪力乱神。盖孔子立教之根柢，全与西方教主不同。吾非必欲抑群教以扬孔子，但孔教虽不能有他教之势力，而亦不致有他教之流弊也。然则以吾中国人物论之，若张道陵（即今所谓张天师之初祖也。）可谓之宗教家，若袁了凡（专提倡《太上感应篇》、《文昌帝君阴骘文》者。）可谓之宗教家，（宗教有大小，有善恶。埃及之拜物教，波斯之拜火教，可谓之宗教，则张、袁不可不谓之宗教。）而孔子则不可谓之宗教家。宗教之性质，如是如是。

持保教论者，辄欲设教会，立教堂，定礼拜之仪式，著信仰之规条，事事摹仿佛、耶，惟恐不肖。此靡论其不能成也，即使能之，而诬孔子不已甚耶？孔子未尝如耶稣之自号化身帝子，孔子未尝如佛之自称统属天龙，孔子未尝使人于吾言之外皆不可信，于吾教之外皆不可从。孔子，人也，先圣也，先师也，非天也，非鬼也，非神也。强孔子以学佛、耶，以云是保，则所保者必非孔教矣。无他，误解宗教之界说，而艳羡人以忘我本来也。

第三 论今后宗教势力衰颓之征

保教之论何自起乎？惧耶教之侵入而思所以抵制之也。吾以为此之为虑，亦已过矣。彼宗教者，与人群进化第二期之文明不能相容者也。科学之力日盛，则迷信之力日衰；自由之界日张，则神权之界日缩。今日耶稣教势力之在欧洲，其视数百年前，不过十之一二耳。昔者各国君主皆仰教皇之加冕以为尊荣，今则帝制自为也；昔者教皇拥罗马之天府，指挥全欧，今则作寓公于意大利也：昔者牧师、神父皆有特权，今则不许参与政治也。此其在政界既有然矣。其在学界，昔者教育之事，全权属于教会，今则改归国家也。歌白尼等之天文学兴，而教会多一敌国；达尔文等进化论兴，而教会又多一敌国。虽竭全力以挤排之，终不可得，而至今不得不迁就其说，变其面目以弥缝一时也。若是乎耶稣教之前途可以知矣。彼其取精多，用物宏，诚有所谓百足之虫至死不僵者，以千数百年之势力，必非遽消磨于一旦，固无待言。但自今以往，耶稣教即能保其余烬，而亦必非数百年前之面目可断言也。而我今日乃欲摹其就衰之仪式，为效颦学步之下策，其毋乃可不必乎！

或曰：彼教虽浸衰于欧洲，而浸盛于中国，吾安可以不抵制之？是亦不然。耶教之入中国也有两目的：一曰真传教者，二曰各国政府利用之以侵我权利者。中国人之入耶教也亦有两种类：一曰真信教者，二曰利用外国教士以抗官吏武断乡曲者。彼其真传教、真信教者，则何害于中国？耶教之所长，又安可诬也？吾中国汪汪若千顷之波，佛教纳之，回教纳之，乃至张道陵、袁了凡之教亦纳之，而岂其有靳于一耶稣？且耶教之入我国数百年矣，而上流人士从之者稀，其力之必不足以易我国明矣，而畏之如虎，何为者也？至各国政府与乡里莠民之利用此教以侵我主权，挠我政治，此又必非开孔子会、倡言保教之遂能抵抗也。但使政事修明，国能自立，则学格兰斯顿之予爱兰教会以平权可也，学俾斯麦、嘉富洱之予山外教徒以限制亦可也。主权在我，谁能侵之？故彼之持保教抵制之说者，吾见其进退无据也。

第四　论法律上信教自由之理

彼持保教论者，自谓所见加流俗人一等，而不知与近世文明法律之精神适相刺谬也。今此论固不过一空言耳，且使其论日盛，而论者握一国之主权，安保其不实行所怀抱，而设立所谓国教以强民使从者？果尔，则吾国将自此多事矣。彼欧洲以宗教门户之故，战争数百年，流血数十万，至今读史，犹使人毛悚股栗焉。几经讨论，几经迁就，始以信教自由之条著诸国宪，至于今日。各国莫不然，而争教之祸亦几熄矣。夫信教自由之理，一以使国民品性趋于高尚，（若特立国教，非奉此者不能享完全之权利，则国民或有心信他教，而为事势所迫，强自欺以相从者，是国家导民以弃其信德也。信教自由之理论，此为最要。）一以使国家团体归于统一，（昔者信教自由之法未立，国中有两教门以上者，恒相水火。）而其尤要者，在画定政治与宗教之权限使不相侵越也。政治属世间法，宗教属出世法。教会不能以其权侵政府固无论矣，而政府亦不能滥用其权以干预国民之心魂也。（自由之理，凡一人之言论、行事、思想，不至有害于他人之自由权者，则政府不得干涉之。我欲信何教，其利害皆我自受之，无损于人者也，故他人与政府皆不得干预。）故此法行而治化大进焉。吾中国历史有独优于他国者一事，即数千年无争教之祸是也。彼欧洲数百年之政治家，其心血手段半耗费于调和宗教、恢复政权之一事，其陈迹之在近世史者，班班可考也。吾中国幸而无此缪辕，是即孔子所以贻吾侪以天幸也。而今更欲循泰西之覆辙以造此界限何也？今之持保教论者，其力固不能使自今以往耶教不入中国。昔犹孔自孔，耶自耶，各行其自由，耦俱而无猜，无端而画鸿沟焉，树门墙焉，两者日相水火，而教争乃起，而政争亦将随之而起。是为吾国民分裂之厉阶也。言保教者不可不深长思也。

第五　论保教之说束缚国民思想

文明之所以进，其原因不一端，而思想自由，其总因也。欧洲之所以有今日，皆由十四、五纪之时，古学复兴，脱教会之樊篱，一洗思想界之奴性，其进步乃沛乎莫能御，此稍治史学者所能知矣。我中国学界之光明、人物之伟大莫盛于战国，盖思想自由之明效也。及秦始皇焚百家之语，坑方术之士，而思想一窒；及汉武帝表章六艺，罢黜百家，凡不在六艺之科者绝勿进，而思想又一窒。自汉以来，号称行孔子教者，二千余年于兹矣，而皆持所谓表章某某、罢黜某某者，以为一贯之精神，故正学、异端

有争，今学、古学有争。言考据则争师法，言性理则争道统，各
自以为孔教，而排斥他人以为非孔教，于是孔教之范围益日缩日
小。浸假而孔子变为董江都、何邵公矣，浸假而孔子变为马季
长、郑康成矣，浸假而孔子变为韩昌黎、欧阳永叔矣，浸假而孔
子变为程伊川、朱晦庵矣，浸假而孔子变为陆象山、王阳明矣，
浸假而孔子变为纪晓岚、阮芸台矣。皆由思想束缚于一点，不能
自开生面，如群猿得一果，跳掷以相攫，如群妪得一钱，诟骂以
相夺，其情状抑何可怜哉？夫天地大矣，学界广矣，谁亦能限公
等之所至，而公等果何为者？无他，暧暧昧昧，守一先生之言，
其有稍在此范围外者，非惟不敢言之，抑亦不敢思之，此二千年
来保教党所成就之结果也。曾是孔子而乃如是乎？孔子作《春
秋》，进退三代，是正百王，乃至非常异义可怪之论，阗溢于编
中。孔子之所以为孔子，正以其思想之自由也。而自命为孔子徒
者，乃反其精神而用之，此岂孔子之罪也？呜呼！居今日诸学日
新、思潮横溢之时代，而犹以保教为尊孔子，斯亦不可以已乎？

　　抑今日之言保教者，其道亦稍异于昔，彼欲广孔教之范围
也。于是取近世之新学新理以缘附之，曰某某者孔子所已知也，
某某者孔子所曾言也。其一片苦心，吾亦敬之，而惜其重诬孔
子而益阻人思想自由之路也。夫孔子生于二千年以前，其不能
尽知二千年以后之事理学说，何足以为孔子损？梭格拉底未尝
坐轮船，而造轮船者不得不尊梭格拉底；阿里士多德未尝用电
线，而创电线者不敢菲薄阿里士多德。此理势所当然也。以孔子
之圣智，其所见与今日新学新理相暗合者必多多，此奚待言。若
必一一而比附之纳入之，然则非以此新学新理厘然有当于吾心而

从之也，不过以其暗合于我孔子而从之耳。是所爱者仍在孔子，非在真理也。万一遍索之于四书六经而终无可比附者，则将明知为铁案不易之真理，而亦不敢从矣；万一吾所比附者，有人从而剔之，曰孔子不如是，斯亦不敢不弃之矣。若是乎真理之终不能饷遗我国民也。故吾最恶乎舞文贱儒动以西学缘附中学者，以其名为开新，实则保守，煽思想界之奴性而滋益之也。我有耳目，我有心思，生今日文明灿烂之世界，罗列中外古今之学术，坐于堂上而判其曲直，可者取之，否者弃之，斯宁非丈夫第一快意事耶？必以古人为虾，而自为其水母，而公等果胡为者？然则以此术保教者，非诬则愚，要之决无益于国民可断言也！

第六　论保教之说有妨外交

保教妨思想自由，是本论之最大目的也。其次焉者，曰有妨外交。中国今当积弱之时，又值外人利用教会之际，而国民又夙有仇教之性质，故自天津教案以迄义和团，数十年中，种种外交上至艰极险之问题，起于民教相争者殆十七八焉。虽然，皆不过无知小民之起衅焉耳。今也博学多识之士大夫，高树其帜曰保教保教，则其所著论所演说，皆不可不昌言何以必要保教之故，则其痛诋耶教必矣。夫相争必多溢恶之言，保无有抑扬其词，文致其说，以耸听者，是恐小民仇教之不力而更扬其波也。吾之为此言，吾非劝国民以媚外人也，但举一事必计其有利无利、有害无害，并其利害之轻重而权衡之。今孔教之存与不存，非一保所能致也；耶教之入与不入，非一保所能拒也。其利之不可凭也如此。而万一以我之叫嚣，引起他人之叫嚣，他日更有如天津之案，以一教堂而索知府、知县之头；如胶州之案，以两教士而失百里之地，丧一省之权；如义和之案，以数十西人之命，而动十一国之兵，偿五万万之币者，则为国家忧，正复何如？呜呼！天下事作始也简，将毕也巨。持保教论者，勿以我为杞人也。

第七 论孔教无可亡之理

虽然，保教党之用心，吾固深谅之而深敬之。彼其爱孔教也甚，愈益爱之则愈益忧之，惧其遂将亡也，故不复权利害，不复揣力量，而欲出移山填海之精神以保之。顾吾以为抱此隐忧者，乃真杞人也。孔教者，悬日月，塞天地，而万古不能灭者也。他教惟以仪式为重也，故自由昌而仪式亡；惟以迷信为归也，故真理明而迷信替。其与将来之文明决不相容，天演之公例则然也。孔教乃异是，其所教者，人之何以为人也，人群之何以为群也，国家之何以为国也。凡此者，文明愈进，则其研究之也愈要。近世大教育家多倡人格教育之论。人格教育者何？考求人之所以为人之资格而教育少年，使之备有此格也。东西古今之圣哲，其所言合于人格者不一，而最多者莫如孔子。孔子实于将来世界德育之林占一最重要之位置，此吾所敢豫言也。夫孔子所望于我辈者，非欲我辈呼之为救主，礼之为世尊也。今以他人有救主、世尊之名号，而我无之，遂相惊以孔教之将亡，是乌得为知孔子矣乎？夫梭格拉底、亚里士多德之不逮孔子也亦远矣，而梭氏、亚氏之教，犹愈久而愈章，曾是孔子而顾惧是乎？吾敢断言曰：世界若无政治、无教育、无哲学，则孔教亡。苟有此三者，孔教之光大正未艾也！持保教论者，盍高枕而卧矣？

第八 论当采群教之所长以光大孔教

吾之所以忠于孔教者，则别有在矣，曰：毋立一我教之界限，而辟其门，而恢其域，揖群教而入之，以增长荣卫我孔子是也。彼佛教、耶教、回教，乃至古今各种之宗教，皆无可以容纳他教教义之量，何也？彼其以起信为本，以伏魔为用，从之者殆如妇人之不得事二夫焉。故佛曰：天上地下，惟我独尊。耶曰：独一无二，上帝真子。其范围皆有一定而不能增减者也。孔子则不然，鄙夫可以竭两端，三人可以得我师，盖孔教之精神，非专制的而自由的也。我辈诚尊孔子，则宜直接其精神，毋拘墟其形迹。孔子之立教，对二千年前之人而言者也，对一统闭关之中国人而言之也，其通义之万世不易者固多，其别义之与时推移者亦不少。孟子不云乎：孔子，圣之时者也。使孔子而生于今日，吾知其教义之必更有所损益也。今我国民非能为春秋、战国时代之人也，而已为二十世纪之人；非徒为一乡一国之人，而将为世界之人。则所以师孔子之意而受孔子之赐者必有在矣。

故如佛教之博爱也，大无畏也，勘破生死也，普度众生也；耶教之平等也，视敌如友也，杀身为民也。此其义虽孔教固有之，吾采其尤博深切明者以相发明；其或未有者，吾急取而尽怀之，不敢廉也；其或相反而彼为优者，吾舍己以从之，不必吝也。又不惟于诸宗教为然耳，即古代希腊、近世欧美诸哲之学说，何一不可以兼容而并包之者！若是于孔教为益乎，为损乎？不待知者而决也。夫孔子特自异于狭隘之群教，而为我辈遵孔教者开此法门，我辈所当自喜而不可辜此天幸者也。大哉孔子，大

哉孔子！海阔从鱼跃，天空任鸟飞，以是尊孔，而孔之真乃见；以是演孔，而孔之统乃长。又何必鳃鳃然猥自贬损，树一门，划一沟，而曰保教保教为也！

结　论

嗟乎嗟乎！区区小子，昔也为保教党之骁将，今也为保教党之大敌。嗟我先辈，嗟我故人，得毋有恶其反覆，诮其模棱，而以为区区罪者。虽然，吾爱孔子，吾尤爱真理！吾爱先辈，吾尤爱国家！吾爱故人，吾尤爱自由！吾又知孔子之爱真理，先辈、故人之爱国家、爱自由，更有甚于吾者也。吾以是自信，吾以是忏悔。为二千年来翻案，吾所不惜；与四万万人挑战，吾所不惧。吾以是报孔子之恩我，吾以是报群教主之恩我，吾以是报我国民之恩我！

论小说与群治之关系

[1902年11月14日]

欲新一国之民，不可不先新一国之小说。故欲新道德，必新小说；欲新宗教，必新小说；欲新政治，必新小说；欲新风俗，必新小说；欲新学艺，必新小说；乃至欲新人心，欲新人格，必新小说。何以故？小说有不可思议之力支配人道故。

吾今且发一问：人类之普通性，何以嗜他书不如其嗜小说？答者必曰：以其浅而易解故，以其乐而多趣故，是固然。虽然，未足以尽其情也。文之浅而易解者，不必小说。寻常妇孺之函札，官样之文牍，亦非有艰深难读者存也，顾谁则嗜之？不宁唯是，彼高才赡学之士，能读《坟》《典》《索》《邱》，能注虫鱼草木，彼其视渊古之文与平易之文，应无所择，而何以独嗜小说？是第一说有所未尽也。小说之以赏心乐事为目的者固多，然此等顾不甚为世所重。其最受欢迎者，则必其可惊、可愕、可悲、可感，读之而生出无量噩梦，抹出无量眼泪者也。夫使以欲乐故而嗜此也，而何为偏取此反比例之物而自苦也？是第二说有所未尽也。吾冥思之，穷鞫之，殆有两因：凡人之性，常非能以现境界而自满足者也，而此蠢蠢躯壳，其所能触能受之境界，又顽狭短局而至有限也，故常欲于其直接以触以受之外，而间接有所触有所受，所谓身外之身，世界外之世界也。此等识想，不独利根众生有之，即钝根众生亦有焉，而导其根器使日趋于钝，日趋于利者，其力量无大于小说。小说者，常导人游于他境界，而变换其常触常受之空气者也。此其一。人之恒情，于其所怀抱之想象，所经阅之境界，往往有行之不知、习矣不察者，无论为哀、为乐、为怨、为怒、为恋、为骇、为忧、为惭，常若知其然而不知其所以然，欲摹写其情状，而心不能自喻，口不能自宣，笔不能自传。有人焉和盘托出，澈底而发露之，则拍案叫绝曰：善哉善哉，如是如是。所谓："夫子言之，于我心有戚戚焉。"感人之深，莫此为甚。此其二。此二者实文章之真谛，笔舌之能事，苟能批此窾、导此窍，则无论为何等之文，皆足以移人。而诸文之中能极其妙而神其技者，莫小说若，故曰，小说为文学之最上乘也。由前之说，则理想派小说尚焉；由后之说，则写实派小说尚焉。小说种目虽多，未有能出此两派范围外者也。

抑小说之支配人道也，复有四种力：一曰熏。熏也者，如入云烟中而为其所烘，如近墨朱处而为其所染，《楞伽经》所谓迷智为识、转识成智者，皆恃此力。人之读一小说也，不知不觉之间，而眼识为之迷漾，而脑筋为之摇飏，而神经为之营注，今日变一二焉，明日变一二焉，刹那刹那，相断相续，久之而此小说之境界，遂入其灵台而据之，成为一特别之原质之种子。有此种子，故他日又更有所触所受者，旦旦而熏之，种子愈盛，而又以之熏他人，故此种子遂可以遍世界。一切器世间、有情世间之所以成、所以住，皆此为因缘也，而小说则巍巍焉具此威德以操纵众生者也。二曰浸。熏以空间言，故其力之大小，存其界之广狭；浸以时间言，故其力之大小，存其界之长短，浸也者，入而与之俱化者也。人之读一小说也，往往既终卷后数日或数旬而终不能释然。读《红楼》竟者，必有余恋有余悲；读《水浒》竟者，必有余快有余怒。何也？浸之力使然也。等是佳作也，而其卷帙愈繁事实愈多者，则其浸人也亦愈甚。如酒焉，作十日饮，则作百日醉。我佛从菩提树下起，便说偌大一部《华严》，正以此也。三曰刺。刺也者，刺激之义也。熏、浸之力利用渐，刺之力利用顿；熏、浸之力在使感受者不觉，刺之力在使感受者骤觉。刺也者，能使人于一刹那顷，忽起异感而不能自制者也。我本蔼然和也，乃读林冲雪天三限，武松飞云浦厄，何以忽然发指？我本愉然乐也，乃读晴雯出大观园，黛玉死潇湘馆，何以忽然泪流？我本肃然庄也，乃读实甫之琴心酬简，东塘之眠香访翠，何以忽然情动？若是者，皆所谓刺激也。大抵脑筋愈敏之人，则其受刺激力也愈速且剧。而要之，必以其书所含刺激力之大小为比例。禅宗之一棒一喝，皆利用此刺激力以度人者也。此力之为用也，文字不如语言，然语言力所被不能广不能久也，于是不得不乞灵于文字。在文字中，则文言不如其俗语，庄论不如其寓言，故具此力最大者，非小说末由。四曰提。前三者之力，自外而灌之使入，提之力自内而脱之使出，实佛法之最上乘也。凡读小说者，必常若自化其身焉，入于书中，而为其书之主人翁。读《野叟曝言》者，必自拟文素臣；读《石头记》者，必自拟贾宝玉；读《花月痕》者，必自拟韩荷生若韦痴珠；读《梁山泊》者，必自拟黑旋风若花和尚。虽读者自辩其无是心焉，吾不信也。夫既化其身以入书中矣，则当其读此书时，此身已非我有，截然去此界以入于彼界，所谓华严楼阁，帝网重重，一毛孔中万亿莲花，一弹指顷百千浩劫。文字移人，至此而极！然则吾书中主人翁而华盛顿，则读者将化身为华盛顿；主人翁而拿破仑，则读者将化身为拿破仑；主人翁而释迦、孔子，则读者将化身为释迦、孔子，有断然也。度世之不二法门，岂有过此！此四力者，可以卢牟一世，亭毒群伦，教主之所以能立教门，政治家所以能组织政党，莫不赖是。文家能得其一，则为文豪；能兼其四，则为文圣。有此四力而用之于善，则可以福亿兆人；有此四力而用之于恶，则可以毒万千载。而此四力所最易寄者，惟小说。可爱哉小说！可畏哉小说！

小说之为体，其易入人也既如彼，其为用之易感人也又如此，故人类之普通性，嗜他文终不如其嗜小说。此殆心理学自然之作用，非人力之所得而易也；此天下万国凡有血气者莫不皆然，非直吾赤县神州之民也。夫既已嗜之矣，且遍嗜之矣，则小说之在一群也，既已如空气如菽粟，欲避不得避，欲屏不得屏，而日日相与呼吸之餐嚼之矣。于此其空气而苟含有秽质也，其菽粟而苟含有毒性也，则其人之食息于此间者，必憔悴，必萎病，必惨死，必堕落，此不待蓍龟而决也。于此而不洁净其空气，不别择其菽粟，则虽日饵以参苓，日施以刀圭，而此群中人之老病死苦，终不可得救。知此义，则吾中国群治腐败之总根原，可以识矣。吾中国人状元、宰相之思想何自来乎？小说也；吾中国人佳人才子之思想何自来乎？小说也；吾中国人江湖盗贼之思想何自来乎？小说也；吾中国人妖巫狐鬼之思想何自来乎？小说也。

若是者，岂尝有人焉提其耳而诲之，传诸钵而授之也？而下自屠爨、贩卒、妪娃、童稚，上至大人、先生、高才、硕学，凡此诸思想必居一于是，莫或使之，若或使之，盖百数十种小说之力，直接间接以毒人，如此其甚也。（即有不好读小说者，而此等小说既已渐渍社会，成为风气，其未出胎也，固已承此遗传焉，其既入世也，又复受此感染焉，虽有贤智，亦不能自拔，故谓之间接。）今我国民惑堪舆，惑相命，惑卜筮，惑祈禳，因风水而阻止铁路，阻止开矿，争坟墓而阖族械斗，杀人如草，因迎神赛会而岁耗百万金钱，废时生事，消耗国力者，曰惟小说之故。今我国民慕科第若膻，趋爵禄若骛，奴颜婢膝，寡廉鲜耻，惟思以十年萤雪，暮夜苞苴，易其归骄妻妾、武断乡曲一日之快，遂至名节大防，扫地以尽者，曰惟小说之故。今我国民轻弃信义，权谋诡诈，云翻雨覆，苛刻凉薄，驯至尽人皆机心，举国皆荆棘者，曰惟小说之故。今我国民轻薄无行，沉溺声色，绻恋床笫，缠绵歌泣于春花秋月，销磨其少壮活泼之气；青年子弟，自十五岁至三十岁，惟以多情多感、多愁多病为一大事业，儿女情多，风云气少，甚者为伤风败俗之行，毒遍社会，曰惟小说之故。今我国民绿林豪杰，遍地皆是，日日有桃园之拜，处处为梁山之盟，所谓"大碗酒，大块肉，分秤称金银，论套穿衣服"等思想，充塞于下等社会之脑中，遂成为哥老、大刀等会，卒至有如义和拳者起，沦陷京国，启召外戎，曰惟小说之故。呜呼！小说之陷溺人群，乃至如是，乃至如是。大圣鸿哲数万言谆诲之而不足者，华士坊贾一二书败坏之而有余，斯事既愈为大雅君子所不屑道，则愈不得不专归于华士坊贾之手。而其性质，其位置，又如空气然，如菽粟然，为一社会中不可得避、不可得屏之物，于是华士坊贾，遂至握一国之主权而操纵之矣。呜呼，使长此而终古也，则吾国前途，尚可问耶，尚可问耶？故今日欲改良群治，必自小说界革命始！欲新民，必自新小说始！

三十自述

［1902年12月］

"风云入世多，日月掷人急，如何一少年，忽忽已三十。"此余今年正月二十六日在日本东海道汽车中所作《三十初度·口占十首》之一也。人海奔走，年光蹉跎，所志所事，百未一就，揽镜据鞍，能无悲悸？挈一既结集其文，复欲为作小传，余谢之曰："若某之行谊经历，曾何足有记载之一值，若必不获已者，则人知我，何如我之自知？吾死友谭浏阳曾作《三十自述》，吾毋宁效颦焉。"作《三十自述》。

余乡人也，于赤县神州，有当秦汉之交，屹然独立群雄之表数十年，用其地，与其人，称蛮夷大长，留英雄之名誉于历史上之一省；于其省也，有当宋元之交，我黄帝子孙与北狄异种血战不胜，君臣殉国，自沉崖山，留悲愤之记念于历史上之一县，是即余之故乡也。乡名熊子，距崖山七里强，当西江入南海交汇之冲。其江口列岛七，而熊子宅其中央，余实中国极南之一岛民也。先世自宋末由福州徙南雄，明末由南雄徙新会，定居焉。数百年，栖于山谷，族之伯叔兄弟，且耕且读，不问世事，如桃源中人，顾闻父老口碑所述，吾大王父最富于阴德，力耕所获，一粟一帛，辄以分惠诸族党之无告者。王父讳维清，字镜泉，为郡生员，例选广文，不就。王母氏黎，父名宝瑛，字莲涧，夙教授于乡里，母氏赵。

余生同治癸酉正月二十六日，实太平国亡于金陵后十年，清大学士曾国藩卒后一年，普法战争后三年，而意大利建国罗马之岁也。生一月而王母黎卒。逮事王父者十九年。王父及见之孙八人，而爱余尤甚。三岁仲弟启勋生，四五岁就王父及母膝下授四子书、《诗经》，夜则就睡王父榻，日与言古豪杰哲人嘉言懿行，而尤喜举亡宋、亡明国难之事，津津道之。六岁后就父读，受中国略史，五经卒业。八岁学为文，九岁能缀千言，十二岁应试学院，补博士弟子员，日治帖括，虽心不慊之，然不知天地间于帖括外，更有所谓学也，辄埋头钻研，顾颇喜词章。王父、父母时授以唐人诗，嗜之过于八股。家贫无书可读，惟有《史记》一，《纲鉴易知录》一，王父、父日以课之，故至今《史记》之文能成诵者八九；父执有爱其慧者，赠以《汉书》一，姚氏《古文辞类纂》一，则大喜，读之卒业焉。父慈而严，督课之外，使之劳作，言语举动稍不谨，辄呵斥不少假借，常训之曰："汝自视乃如常儿乎！"至今诵此语不敢忘。十三岁始知有段、王训诂之学，大好之，渐有弃帖括之志。十五岁，母赵恭人见背，以四弟之产难也。余方游学省会，而时无轮舶，奔丧归乡，已不获亲含殓，终天之恨，莫此为甚。时肄业于省会之学海堂，堂为嘉庆间前总督阮元所立，以训诂词章课粤人者也。至是乃决舍帖括以从事于此，不知天地间于训诂词章之外，更有所谓学也。己丑年十七，举于乡，主考为李尚书端棻、王镇江仁堪。年十八计偕入京师，父以其稚也，挈与偕行，李公以其妹许字焉。下第归，道上海，从坊间购得《瀛环志略》读之，始知有五大洲各国，且见上海制造局译出西书若干种，心好之，以无力不能购也。

其年秋，始交陈通甫。通甫时亦肄业学海堂，以高才生闻。既而通甫相语曰："吾闻南海康先生，上书请变法不达，新从京师归，吾往谒焉。其学乃为吾与子所未梦及，吾与子今得师矣。"于是乃因通甫修弟子礼事南海先生。时余以少年科第，且于时流所推重之训诂词章学，颇有所知，辄沾沾自喜。先生乃以大海潮音，作狮子吼，取其所挟持之数百年无用旧学，更端驳诘，悉举而摧陷廓清之。自辰入见，及戌始退，冷水浇背，当头一棒，一旦尽失其故垒，惘惘然不知所从事，且惊且喜，且怨且艾，且疑且惧，与通甫联床，竟夕不能寐。明日再谒，请为学方针，先生乃教以陆王心学，而并及史学、西学之梗概。自是决然舍去旧学，自退出学海堂而间日请业南海之门，生平知有学，自兹始。

辛卯，余年十九，南海先生始讲学于广东省城长兴里之万木草堂，徇通甫与余之请也。先生为讲中国数千年来学术源流，历史政治沿革得失，取万国以比例推断之。余与诸同学日札记其讲义，一生学问之得力，皆在此年。先生又常为语佛学之精奥博大，余凤根浅薄，不能多所受。先生时方著《公理通》《大同学》等书，每与通甫商榷，辨析入微，余辄侍末席，有听受，无问难，盖知其美而不能通其故也。先生著《新学伪经考》，从事校勘；著《孔子改制考》，从事分纂。日课则《宋元明儒学案》、二十四史、《文献通考》等，而草堂颇有藏书，得恣涉猎，学稍进矣。其年始交康幼博。十月，入京师，结婚李氏。明年壬辰，年二十，王父弃养。自是学于草堂者凡三年。

甲午，年二十二，客京师，于京国所谓名士者多所往还。六月，日本战事起，怆愤时局，时有所吐露，人微言轻，莫之闻也。顾益读译书，治算学、地理、历史等。明年乙未，和议成，代表广东公车百九十人，上书陈时局。既而南海先生联公车三千人上书请变法，余亦从其后奔走焉。其年七月，京师强学会开，发起之者为南海先生，赞之者为郎中陈炽、郎中沈曾植、编修张孝谦、浙江温处道袁世凯等。余被委为会中书记员。不三月，为言官所劾，会封禁。而余居会所数月，会中于译出西书购置颇备，得以余日尽浏览之，而后益斐然有述作之志。其年始交谭复生、杨叔峤、吴季清铁樵、子发父子。

京师之开强学会也，上海亦踵起，京师会禁，上海会亦废，而黄公度倡议续其余绪，开一报馆，以书见招。三月去京师，至上海，始交公度。七月《时务报》开，余专任撰述之役，报馆生涯自兹始，著《变法通议》《西学书目表》等书，其冬，公度简出使德国大臣，奏请偕行，会公度使事辍，不果。出使美、日、秘大臣伍廷芳复奏派为参赞，力辞之，伍固请，许以来年往，既而终辞，专任报事。丁酉四月，直隶总督王文韶、湖广总督张之洞、大理寺卿盛宣怀连衔奏保，有旨交铁路大臣差遣，余不之知也。既而以札来，黏奏折上谕焉，以不愿被人差遣辞之。张之洞屡招邀，欲致之幕府，固辞。时谭复生宦隐金陵，间月至上海，相过从，连舆接席。复生著《仁学》，每成一篇，辄相商榷，相与治佛学，复生所以砥砺之者良厚。十月，湖南陈中丞宝箴、江督学标聘主湖南时务学堂讲席，就之。时公度官湖南按察使，复生亦归湘助乡治，湘中同志称极盛。未几，德国割据胶州湾事起，瓜分之忧，震动全国，而湖南始创南学会，将以为地方自治之基础，余颇有所赞画，而时务学堂于精神教育，亦三致意焉。其年始交刘裴邨、林暾谷、唐绂丞，及时务学堂诸生李虎村、林述唐、田均一、蔡树删等。

明年戊戌，年二十六。春大病几死，出就医上海，既瘳，乃入京师。南海先生方开保国会，余多所赞画奔走。四月，以徐侍郎致靖之荐，总理衙门再荐，被召见，命办大学堂译书局事务。时朝廷锐意变法，百度更新，南海先生深受主知，言听谏行，复生、暾谷、叔峤、裴邨，以京卿参预新政，余亦从诸君子之后，黾勉尽瘁。八月政变，六君子为国流血，南海以英人仗义出险，余遂乘日本大岛兵舰而东。去国以来，忽忽四年矣。

戊戌九月至日本，十月与横滨商界诸同志谋设《清议报》。自此居日本东京者一年，稍能读东文，思想为之一变。己亥七月，复与滨人共设高等大同学校于东京，以为内地留学生预备科之用，即今之清华学校是也。其年美洲商界同志，始有中国维新会之设，由南海先生所鼓舞也。冬间美洲人招往游，应之。以十一月首途，道出夏威夷岛，其地华商二万余人，相絷留，因暂住焉，创夏威夷维新会。适以治疫故，航路不通，遂居夏威夷半年。至庚子六月，方欲入美，而义和团变已大起，内地消息，风声鹤唳，一日百变。已而屡得内地函电，促归国，遂回马首而西，比及日本，已闻北京失守之报。七月急归沪，方思有所效，抵沪之翌日而汉口难作，唐、林、李、蔡、黎、傅诸烈先后就义，公私皆不获有所救，留沪十日遂去。适香港，既而渡南洋，谒南海，遂道印度，游澳洲，应彼中维新会之招也。居澳半年，由西而东，环洲历一周而还。辛丑四月，复至日本。

尔来蛰居东国，忽又岁余矣，所志所事，百不一就，惟日日为文字之奴隶，空言喋喋，无补时艰。平旦自思，只有惭悚，顾自审我之才力，及我今日之地位，舍此更无术可以尽国民责任于万一，兹事足小，亦安得已。一年以来，颇竭棉薄，欲草一中国通史以助爱国思想之发达，然荏苒日月，至今犹未能成十之二。惟于今春为《新民丛报》，冬间复创刊《新小说》，述其所学所怀抱者，以质于当世达人志士，冀以为中国国民遒铎之一助。呜呼！国家多难，岁月如流，眇眇之身，力小任重。吾友韩孔广诗云："舌下无英雄，笔底无奇士。"呜呼！笔舌生涯已催我中年矣！此后所以报国民之恩者未知何如，每一念及，未尝不惊心动魄，抑塞而谁语也。

孔子纪元二千四百五十三年壬寅十一月，任公自述。

说希望

［1903年5月10日］

机埃的之言曰："希望者，失意人之第二灵魂也。"岂惟失意人而已，凡中外古今之圣贤豪杰、忠臣烈士，与夫宗教家、政治家、发明家、冒险家之所以震撼宇宙，创造世界，建不朽之伟业以辉耀历史者，殆莫不藉此第二灵魂之希望，驱之使上于进取之途。故希望者，制造英雄之原料，而世界进化之导师也。

人类者，生而有欲者也。原人之朔，榛狉无知，饥则食焉，疲则息焉。饮食男女之外，无他思想，而其所谓饮食男女者，亦止求一时之饱暖嬉乐，而不复知有明日，无所谓蓄积，无所谓豫备，止有肉欲而绝无欲望，蠕蠕然无以异于动物也。及其渐进渐有思想，而将来之观念始萌，于是知为其饮食男女之肉欲，谋前进久长之计，斯时也，则有所谓生全之希望。思想日益发达，希望日益繁多，于其肉欲之外，知有所谓权力者，知有所谓名誉者，知有所谓宗教道德者，知有所谓政治法律者。由生存之希望，进而为文化之希望，其希望愈大，而其群治之进化亦愈彬彬矣。

故夫希望者，人类之所以异于禽兽，文明之所以异于野蛮，而亦豪杰之所以异于凡民者也。亚历山大之远征波斯也，尽斥其所有之珍宝以遍赐群臣，群臣曰："然则王更何有乎？"亚历山大曰："吾有一焉，曰'希望'。"夫亚历山大之丰功盛烈，赫然照烁于今古，然其功烈之成立，实希望为之涌泉。宁独亚历山大而已，摩西之出埃及也，数十年徘徊于沙漠之中，然卒能脱犹太人之羁轭，导之于葡萄繁熟蜜乳馥郁之境，摩西之能有成功，迦南乐土之希望为之也。哥伦布之航海也，谋之贵族而贵族哗之，谋之葡国政府而政府拒之，乃至同行之人，困沮悔恨而思杀之，然卒能发见美洲，为欧人辟一新世界，哥伦布之能有成功，发见新地之希望为之也。玛志尼诸人之建国也，突起于帝政教政压抑之下，张空拳以求独立，然卒能脱奥人之压制，建新罗马之名邦，玛志尼诸人之能有成功，意大利统一之希望为之也。华盛顿之奋起也，抗英血战者八年，联合诸州者十载，然卒能脱离母国，建一完备之共和新国以为天下倡，华盛顿之能有成功，美国独立之希望为之也。又宁独西国前哲而已，句践一降王耳，然能以五千之甲士，困夫差于甬东也，则以有报吴之希望故。申包胥一逋臣耳，然能却败吴寇，复已燔之郢都也，则以有存楚之希望故。班超一书生耳，然能开通西域，断匈奴之右臂也，则以有立功绝域之希望故。范孟博登车揽辔，有澄清天下之大志，范文正方为秀才，有天下己任之雄心。自古之伟人杰士，类皆不肯苟安于现在之地位，其心中目中，别有第二之世界，足以餍人类向上求进之心，既悬此第二之世界以为程，则萃精神以谋之，竭全力以赴之，日夜奔赴于莽莽无极之前途，务达其鹄以为归宿，而功业成就之多寡，群治进化之深浅，悉视其希望之大小以为比例差。盖希望之力，其影响于世间者，同若是其伟且大也。

天下最惨最痛之境，未有甚于"绝望"者也。信陵之退隐封邑，项羽之悲歌垓下，亚剌飞之窜身锡兰，拿破仑之见幽厄荄，莫不抚髀悲悒，神气颓唐，一若天地虽大，蹙蹙无托身之所，日月虽长，奄奄皆待尽之年。醇酒妇人而外无事业，束手待死以外无志愿。我躬不阅，遑恤我后，朝不谋夕，谁能虑远。彼数子者，岂非喑呜叱咤横绝一世之英雄哉？方其希望远大之时，虽盖世功名，曾不足以当其一盼，虽统一寰区，曾不足以满其志愿。及其希望既绝，则心死志馁，气索才尽，颓然沮丧，前后迥若两人。然后知英雄之所以为英雄者，固恃希望为之先导，而智虑才略，皆随希望以为消长者也。有希望则常人可以为英雄，无希望则英雄无以异于常人，盖希望之力，其影响于人者固若是其伟且大也。

天下之境有二：一曰现在，一曰未来。现在之境狭而有限，而未来之境广而无穷。英儒颉德之言曰："进化之义，专在造出未来，其过去及现在，不过一过渡之方便法门耳。故现在者非为现在而存，实为未来而存。是以高等生物，皆能为未来而多所贡献，代未来而多负责任，其勤劳于为未来者，优胜者也，怠逸于为未来者，劣败者也。"希望者固以未来的目的，而尽勤劳以谋其利益者也。然未来之利益，往往与现在之利益枘凿而不能相容，二者不可得兼，有所取必有所弃，彼既有所希望矣，则心中目中必有荼锦烂熳之生涯，宇宙昭苏之事业，亘其前途，其利益百什倍于现在，遂不惜取其现在者而牺牲之，以为未来之媒介。故释迦弃净饭太子之贵，而苦行穷山，路得辞教皇不赀之赏，而甘受廷讯，加富尔舍贵族富豪之安，而隐耕黎里，哥伦布掷乡里优游之乐，而集身远航。以常人之眼观之，则彼好为自苦，非人情所能堪，岂不嗤为大愚，百思而不得其解哉？然苦乐本无定位，彼未来之所得，固足偿现在之失而有余，则常人所见为失而苦之者，彼固见为得而有以自乐。且攫金于市者，止见有金不见有人。彼日有无穷之愿欲悬于其前，则其视线心光，咸萃集于其希望之前途，而目前之所谓利益者，直如蚊虻之过耳，曾不足以芥蒂于其胸。贪夫殉财，烈士殉名，夸者殉权，哲人殉道。其所殉之物虽不同，而其所以为殉者，则皆捐弃万事，以专注其希望之大欲而已。

且非独个人之希望为然也，国民之希望亦靡不然。英人固不喜急激之民族也，然一为大宪章之抗争，再为长期国会之更革，累数世之纷扰，则曰希望自由之故。法人三次革命，屡仆屡起，演大恐怖之惨剧，扰乱亘数十年，则曰希望民政之故。美人崛起抗英，糜烂其民于硝烟弹雨之中，苦战八年，伏尸百万，则曰希望独立之故。彼所牺牲之利益，固视个人为尤惨酷矣。然彼既有自由民政独立之伟大目的在于未来，而为国民共同之希望，凡物必有代价，则其所牺牲者，固亦以现在为代价，而购此未来而已。

然而希望者，常有失望以与之为缘者也，其希望愈大者，则其成就也愈难，而其失望也亦愈众。譬之操舟泛港汊者，微波漾荡，可以扬帆径渡也。及泛江河，则风浪之恶，将十倍蓰于港汊矣。及航溟渤，则风浪之恶，又倍蓰于江河矣。失望与希望之相为比例殆犹是也，惟豪杰之徒，为能保其希望而使之勿失。彼盖知远大之希望，固在数十百年之后，而非可取偿于旦夕之间，既非旦夕所能取偿，则所谓拂戾失意之境遇，要不过现在与未来利益之冲突，实为事势所必然。吾心中自有所谓第二世界者存，必不以目前之区区，沮吾心而馁吾志。英雄之希望如是，伟大国民之希望亦复如是。

老子曰："知足不辱，知止不殆。"此毁灭世界之毒药，萎杀思想之谬言也。我中人日奉一足止以为主义，恋恋于过去，而绝无未来之观念；眷眷于保守，而绝无进取之雄心。其下者日营利禄，日骛衣食，萃全神于肉欲，蝺蝺无异于原人。其上者亦惟灰心短气，太息于国事之不可为，志馁神沮，慨叹于前途之无可望，不为李后主之眼泪洗面，即为信陵君之醇酒妇人，人人皆为绝望之人，而国亦遂为绝望之国。呜呼！吾国其果绝望乎？则待死以外诚无他策。吾国其非绝望乎？则吾人之日月方长，吾人之心愿正大。旭日方东，曙光熊熊，吾其叱咤羲轮，放大光明以赫耀寰中乎！河出伏流，狂涛怒吼，吾其乘风扬帆，破万里浪以横绝五洲乎！穆王八骏，今方发轫，吾其扬鞭绝尘，骎骎与骅骝竞进乎！四百余州，河山重重，四亿万人，泱泱大风，任我飞跃，海阔天空。美哉前途郁郁葱葱，谁为人豪，谁为国雄，我国民其有希望乎！其各立于所欲立之地，又安能郁郁以终也。

反对复辟电

[1917年7月1日]

南京冯副总统、武鸣陆巡阅使、各省督军、省长、护军使、镇守使、师长、旅长，上海《申报》、《新闻报》、《时报》、《时事新报》，并转各报馆鉴：

昊天不吊，国生虺孽，复辟逆谋，竟实现于光天化日之下。夫以民国之官吏臣民，而公然叛国顺逆，所在无俟鞫讯。但今既逆焰熏天，簧鼓牢笼恫胁之术，无所不用其极，妖氛所播，群听或淆，启超不敢自荒言责，谨就其利害成败之数为我国民痛陈之，倡帝政者首借口于共和政治成绩之不良。

夫近年政治之不良，何容为讳，然其造因多端，尸咎者实在人而不在法。苟非各界各派之人，咸有觉悟，洗心革面，则虽岁更其国体，而于政治之改良何与者？若曰建帝号则政自肃，则清季政象何若，我国民应未健忘，今日蔽罪共和，过去罪将焉蔽。况前此承守成余荫，虽委裘犹可苟安，今则悍帅狡士，挟天子以令诸侯，谓此而可以善政，则莽卓之朝，应成郅治，似斯持论，毋乃欺天。

帝政论者又动以现今之党派轧轹为口实，夫党争之剧，吾侪亦曷尝不疾首痛心，然须知既以宪政号于国中，则党别实无可逃避，容之则渐纳于轨，戢之则反扬其波，今之定策拥立者，岂能举全国青年才智之士而尽坑之，坑之不尽，党固在也。坑而尽又焉知来者之不如今也。

今之主动者以浅薄之凭借，而谬师操懿之故智，处文萌之世运，而梦想雍乾之操术，叩以立宪之义。盖举朝莫之能解，使其政府幸而有一年数月之寿命，则其政象吾敢为预卜曰，桓玄、朱温时代之专制而已。夫专制结果必产革命，桓玄、朱温，宁有令终，所难堪者，则国家之元气与人民之微命也。然使果能得一年数月之苟安，则吾民或且姑为容忍，殊不知立国于今世，非闭关所能自存，苟不获自厕于国际团体之林，则国实不成为国。

今我民国，各友邦所承认也，当思前此易帝而民，此承认果几经艰辛而得之者，今易民而帝，其得承认也艰辛将益倍于前。当此国交中断之期间，国将谁与立于大地者，且此次首造逆谋之人，非贪黩无厌之武夫，即大言不惭之书生，于政局甘苦，毫无所知。他勿具论，即如中央政费每月七百余万，向仰给于盐课余款及各省解款，不足则借债以补之。试问现在北京之滑稽内阁，对于此三项收入，有何把握？颇闻此次之恶作剧，有某国牵线于幕内，许出其银行存款供挥霍，兹事信否，诚不敢知，藉曰信也，为数几何？一两月涸可立待耳？又彼董卓与朱温者，在今日气盖一世，志得意满，纵其逆军，横行辇毂，饷糈视诸军独厚而必索现银，气焰视诸军独高而动肆陵轹，以有教育有纪律之军队，与彼共处一城，而谓可相安无事以历旬月，其谁信之？

是故就外交论、就财政论、就军事论，此滑稽政府皆绝无可以苟延性命之理。虽举国人士，噤若寒蝉，南北群帅，袖手壁上，而彼之稔恶自毙，吾敢决其不逾两月，最可痛者，则天下万国将谓我国无复一人，其绾军符膺疆寄者乃如犬马，凡能豢养而鞭棰我者，即慴伏而乞怜于其下，则此耻真不可洗涤矣。最可忧者，迨董卓、朱温自毙之时，小之喋血都门，大之流寇数省，而群帅中曾无一人有戡乱之力，势必至劳邻封越俎而代，则此国其真永劫不复也。

启超一介书生，手无寸铁，舍口诛笔伐外，何能为役？且明知樊笼之下，言出祸随，徒以义之所在，不能有所惮而安于缄默，抑天下固多风骨之士，又安见不有闻吾言而兴者也。抑启超犹有欲赘陈者，一年以来，党派主奴之见，其诡谲变幻，出人意表，启超深痛极恸，向两方要人苦口忠告，劝其各自觉悟，勿驰极端，以生反动。在吾则既竭吾才声嘶力尽，曾不蒙省察，而急进派之策士，惟日从事于挑拨构煽，引甲抵乙，谓可以操纵利用，以遂其排挤之私，而结果乃造成今日之局。今有董卓，谁实何进？今有朱温，谁实崔允？

启超前此曲突徙薪之论，适以供若曹含沙喷血之资，亦既痛愤积中，誓将缄结终古。今睹濒覆之巢，复吐在喉之鲠，知我罪我，固所不辞，来轸往车，愿质明哲。梁启超。东。

欧游心影录（节选）

[1919年10月—12月]

中国人对于世界文明之大责任

以上十二段，我都是信手拈来，没有什么排列组织。但我觉得我们因此反省自己从前的缺点，振奋自己往后的精神，循着这条大路，把国家挽救建设起来，决非难事。我们的责任，这样就算尽了吗？我以为还不止此。人生最大的目的，是要向人类全体有所贡献。为什么呢？因为人类全体才是"自我"的极量，我要发展"自我"，就须向这条路努力前进。为什么要有国家？因为有个国家，才容易把这国家以内一群人的文化力聚拢起来、继续起来、增长起来，好加入人类全体中助他发展。所以建设国家是人类全体进化的一种手段，就像市府乡村的自治结合，是国家成立的一种手段。就此说来，一个人不是把自己的国家弄到富强便了，却是要叫自己国家有功于人类全体，不然，那国家便算白设了。明白这道理，自然知道我们的国家，有个绝大责任横在前途。什么责任呢？是拿西洋的文明，来扩充我的文明，又拿我的文明去补助西洋的文明，叫他化合起来成一种新文明。

　　我在巴黎曾会着大哲学家蒲陀罗（Boutreu，柏格森之师），他告诉我说："一个国民，最要紧的是把本国文化发挥光大。好象子孙袭了祖父遗产，就要保住他，而且叫他发生功用。就算很浅薄的文明，发挥出来都是好的。因为他总有他的特质，把他的特质和别人的特质化合，自然会产出第三种更好的特质来。你们中国，着实可爱可敬，我们祖宗裹块鹿皮、拿把石刀在野林里打猎的时候，你们不知已出了几多哲人了。我近来读些译本的中国哲学书，总觉得他精深博大。可惜老了，不能学中国文。我望中国人总不要失掉这分家当才好。"我听着他这番话，觉得登时有几百斤重的担子加在我肩上。

　　又有一回，和几位社会党名士闲谈，我说起孔子的"四海之内皆兄弟"，"不患寡而患不均"，跟着又讲到井田制度，又讲些墨子的"兼爱"、"寝兵"。他们都跳起来说道："你们家里有这些宝贝，却藏起来不分点给我们，真是对不起人啊！"我想我们还够不上说对不起外人，先自对不起祖宗罢了。

　　近来西洋学者，许多都想输入些东方文明，令他们得些调剂，我子细想来，我们实在有这个资格。何以故呢？从前西洋文明，总不免将理想实际分为两橛，唯心、唯物各走极端。宗教家偏重来生，唯心派哲学高谈玄妙，离人生问题，都是很远。科学一个反动，唯物派席卷天下，把高尚的理想又丢掉了。所以我从前说道："顶时髦的社会主义，结果也不过抢面包吃。"这算得人类最高目的么？所以最近提倡的实用哲学、创化哲学，都是要把理想纳到实际里头，图个心物调和。我想我们先秦学术，正是从这条路上发展出来。孔、老、墨三位大圣，虽然学派各殊，

"求理想与实用一致"，却是他们共同的归着点。如孔子的"尽性赞化"、"自强不息"，老子的"各归其根"，墨子的"上同于天"，都是看出有个"大的自我"、"灵的自我"，和这"小的自我"、"肉的自我"同体，想要因小通大，推肉合灵。我们若是跟着三圣所走的路，求"现代的理想与实用一致"，我想不知有多少境界可以辟得出来哩。

又佛教虽创自印度，而实盛于中国。现在大乘各派，五印全绝，正法一脉，全在支那。欧人研究佛学，日盛一日，梵文所有经典，差不多都翻出来。但向梵文里头求大乘，能得多少？我们自创的宗派，更不必论了。像我们的禅宗，真可以算得应用的佛教，世间的佛教，的确是要印度以外才能发生，的确是表现中国人特质，叫出世法和现世法并行不悖。现在，柏格森、倭铿等辈，就是想走这条路还没走通。我常想，他们若能读唯识宗的书，他的成就一定不止这样，他们若能理解禅宗，成就更不止这样。

你想！先秦诸哲，隋唐诸师，岂不都是我们仁慈圣善的祖宗积得好几大宗遗产给我们吗？我们不肖，不会享用，如今倒要闹学问饥荒了。就是文学、美术各方面，我们又何尝让人？国中那些老辈，故步自封，说什么西学都是中国所固有，诚然可笑；那沉醉西风的，把中国什么东西，都说得一钱不值，好像我们几千年来，就像土蛮部落，一无所有，岂不更可笑吗？须知凡一种思想，总是拿他的时代来做背景。我们要学的，是学那思想的根本精神，不是学他派生的条件。因为一落到条件，就没有不受时代支配的。譬如孔子，说了许多贵族性的伦理，在今日诚然不适用，却不能因此菲薄孔子。柏拉图说奴隶制度要保存，难道因此就把柏拉图抹杀吗？明白这一点，那么研究中国旧学，就可以得公平的判断，去取不至谬误了。却还有很要紧的一件事，要发挥我们的文化，非借他们的文化做途径不可。因为他们研究的方法，实在精密，所谓"欲善其事，必先利其器"。不然，从前的中国人，那一个不读孔夫子，那一个不读李太白，为什么没有人得着他好处呢？所以我希望我们可爱的青年，第一步，要人人存一个尊重爱护本国文化的诚意；第二步，要用那西洋人研究学问的方法去研究他，得他的真相；第三步，把自己的文化综合起来，还拿别人的补助他，叫他起一种化合作用，成了一个新文化系统；第四步，把这新系统往外扩充，叫人类全体都得着他好处。我们人数居全世界人口四分之一，我们对于人类全体的幸福，该负四分之一的责任。不尽这责任，就是对不起祖宗，对不起同时的人类，其实是对不起自己。我们可爱的青年啊！立正！开步走！大海对岸那边有好几万万人，愁着物质文明破产，哀哀欲绝的喊救命，等着你来超拔他哩。我们在天的祖宗三大圣和许多前辈，眼巴巴盼望你完成他的事业，正在拿他的精神来加佑你哩。

威士敏士达寺

我们因旅馆难觅，由徐、丁二君先往巴黎布置，我和同舟诸君，在伦敦勾留五日。趁这空暇，随意观光，头一个要拜会的，自然是有名的"英国凌烟阁"威士敏士达寺（Westminster Abbey）。我们从托拉福加广场，经白宫街维多利亚街，到泰姆河畔，眼前屹立一长方形古寺，双塔高耸，和那峨特式建筑的巴力门毗连并立，一种庄严朴茂气象，令人起敬，这便是威士敏士达寺了。我们先大略研究这寺的历史，他是从十一世纪爱德华忏悔王创建，十三世纪末，亨利第三大加改筑，到今将近千年，累代皆有增修，那西塔的门楼，还是二十年前新造。最奇的是把各时代的款式，合冶一炉，几乎成了千年来建筑术的博览会。拿一个人作譬，好像戴着唐朝一顶进贤冠，披着宋朝一件绯袍，手挂着明朝一方笏，套上清朝团龙补挂，脚底下还踏着一双洋皮靴子，你想这不是很滑稽、很难看吗？然而他却没有丝毫觉得不调和，依然保持十分庄严，十分趣味。我想这一个寺就可以算得英国国民性的"象征"，他们无论政治上、法律上、宗教道德上、风俗礼节上，都是一部分一部分的蜕变，几百年前和几百年后的东西，常常同时并存，却不感觉有一些子矛盾。他们的保守性，有一点和我们一样，他们的容纳性、调和性，怕很值得我们一学罢。这寺内最重要的一部分，一三七六年创始，一五二八年落成，约经一世纪半的长久日子。算起来，当绘图的时候，随种一株杉树，还可以等他长成来充梁柱。他们却勤勤恳恳依着原定的计划，经一百多年，丝毫不乱，丝毫不懈，到底做到成功了。

唉！兹事虽小，可以喻大。试问我们中国人，可曾有预备一百年后才造成的房子吗？须知若是有一个人要造恁么一间房子，这个人首先就要立定主意，自己不打算看见他成功，自己更不打算拿来享用。这个人一定是不安小就，图个规模宏远，明知道一生一世不能完成的事业，却要立个理想的基础传给别人。有了这个人就行啰吗？不然，不然。还要后起的人和他一样的心事，一样的魄力，才能把他的事业继承下去，不至前功尽弃。我想欧洲文明从何而来，就是靠这一点；人类社会所以能够进化，也只靠这一点。前人常常立些伟大的计划替后人谋幸福，后人保持前人的遗产，更加扩充光大，人生的目的，人生的责任，就尽于是了。我游威士敏士达最初起的就是这种感想，后来遍历大陆，到处见的寺院，动辄都是几百年工程，这感想便日印日深。回想我们中国人的过去，真是惭愧无地；悬想我们中国人的将来，更是惶恐无地了。

威士敏士达，是英国国教的教会堂，是国家和王室的大礼堂，历代君主加冕大葬，都在此举行，却依然是全英国一般小百姓日日公共礼拜祈祷之所，就只一点，这寺又算得平民主义的象征了。我们却为什么叫他做"英国的凌烟阁"呢？因为他又是个国葬之地，几百年来名人坟墓都在寺中。原来这寺本王室诸陵所在，后来凡有功德于国家的人，都葬在里头，拿中国旧话讲，算是陪葬某陵了。但他们陪葬的，不是拿王室的功臣做标准，是拿国家的人物做标准，所以政治家、学者、诗人，乃至名优，都在其列，入到寺中，自然令人肃然起敬，而且发出一种尚友古人的志气。我们拿着一本《向导录》要来按图索骥了。入门西便，劈头就是那廿四岁做大宰相的威廉比特遗像，张开手正在那里演说。迎面一位长发隆准的老头儿，哈哈！这就是我们读近世史时最熟的老朋友格兰斯顿呀！他和他的夫人，就在这底下作永久平和的安息。啊啊！这是奈瑞，上头的墓志铭用拉丁文，Isaci Newtoni，连他名字的拼音都改了。当时受文艺复兴的影响，好古实在好得有趣。这是发明蒸汽的瓦特，这是生物学泰斗达尔文，这是非洲探险的立温斯敦。这一带是政治家，大半自由党名士，这一带是诗人、小说家，可惜我们学问固陋，记不起许多名字了。

哈哈！这是谁？是Sir哈拔忒黎，是个唱索士比亚名剧的戏子，因戏唱得好，国家赏他功劳，封他一个爵，大街上不是还有他的铜像吗？这是大画家尼尔拉，他是法国人呀！怎么也葬在此？他是十七八世纪时对于英国美术界最有功的，威士敏士达的外国人，算他独一无二了。这是罗拔比尔，这是哈布顿，这是拉沙尔，这是沙士勃雷，都是些大名鼎鼎的政治家，我实在应接不暇了。进到里层，许多王陵比外面是壮丽些，但我们对于他却没甚趣味，草草走过罢。嗳哟！这南廊北廊两位女王，一位伊里查白，一位马丽。他们姐儿俩，生冤家、死对头，一个要了一个的命，到此可也和解了，同在一个庙里双栖双宿。还有查理第二，当他在这里加冕的时候，大发雷霆，把那杀父之仇克林威尔寺内的坟掘了，后来克林威尔仍旧改葬迁回这寺，和他的陵也相去不远。啊啊！这才真叫做冤亲平等，一视同仁，可见这威士敏士达，并没认得什么个人，只认得一个英国哩。我们这一游，整整游了个下半天，真如太史公所谓，"高山仰止，景行行止，想见其为人，低回留之，不能去焉"。我想我们外国人，一进此寺，尚且感动到这种田地，他们本国人该怎么样呢？威士敏士达，就是一种极严正的人格教育，就是一种极有活力的国民精神教育。教育是单靠学校吗？咦！我国民听呀！我国民听呀！

人生观与科学

——对于张、丁论战的批评

[1923年5月29日]

一

张君劢在清华学校演说一篇人生观，惹起丁在君做了一篇玄学与科学和他宣战。我们最亲爱的两位老友，忽然在学界上变成对垒的两造，我不免也见猎心喜，要把我自己的意见写点出来助兴了。

当未写以前要先声叙几句话：

第一，我不是加在那一造去"参战"，也不是想斡旋两造做"调人"，尤其不配充当"国际法庭的公断人"，我不过是一个观战的新闻记者，把所视察得来的战况随手批评一下便了。读者还须知道，我是对于科学、玄学都没有深造研究的人，我所批评的一点不敢自以为是。我两位老友以及其他参战人、观战人把我的批评给我一个心折的反驳，我是最欢迎的。

第二，这回战争范围，已经蔓延得很大了，几乎令观战人应接不暇。我为便利起见，打算分项批评，做完这篇之后，打算还跟著做几篇：（一）科学的智识论与所谓"玄学鬼"。（二）科学教育与超科学教育。（三）论战者之态度等等。但到底作几篇，要看我趣味何如，万一兴尽，也许不作了。

第三，听说有几位朋友都要参战。本来想等读完了各人大文之后再下总批评，但头一件，因技痒起来等不得了。第二件，再多看几篇，也许"崔颢题诗"叫我阁笔，不如随意见到那里说到那里。所以这一篇纯是对于张、丁两君头一次交绥的文章下批评，他们二次彼此答辩的话，只好留待下次。其余陆续参战的文章，我很盼早些出现。或者我也有继续批评的光荣，或者我要说的话被人说去，或者我未写出来的意见已经被人驳倒，那末，我只好不说了。

二

凡辩论先要把辩论对象的内容确定，先公认甲是什么、乙是什么，才能说到甲和乙的关系何如，否则一定闹到"驴头不对马嘴"。当局的辩论没有结果，旁观的越发迷惑。我很可惜君劢这篇文章，不过在学校里随便讲演，未曾把"人生观"和"科学"给他一个定义。在君也不过拈起来就驳。究竟他们两位所谓"人生观"，所谓"科学"，是否同属一件东西，不惟我们观战人摸不清楚，只怕两边主将也未必能心心相印哩。我为替读者减除这种迷雾起见，拟先规定这两个名词的内容如下：

（一）人类从心界、物界两方面调和结合而成的生活，叫做"人生"。我们悬一种理想来完成这种生活，叫做"人生观"。（物界包含自己的肉体及己身以外的人类乃至己身所属之社会等等。）

（二）根据经验的事实分析综合求出一个近真的公例以推论同类事物，这种学问叫做"科学"。（应用科学改变出来的物质或建设出来的机关等等只能谓之"科学的结果"，不能与"科学"本身并为一谈。）

我解释这两个名词的内容，不敢说一定对。假令拿以上所说做个标准，我的答案便如下：

人生问题，有大部分是可以，而且必要用科学方法来解决的。却有一小部分，或者还是最重要的部分是超科学的。

因此我对于君劢、在君的主张，觉得他们各有偏宕之处。今且先驳君劢：

君劢既未尝高谈无生，那么，无论尊重心界生活到若何程度，终不能说生活之为物能骰脱离物界而单独存在。既涉到物界，自然为环境上——时间、空间——种种法则所支配，断不能如君劢说的那么单纯，专凭所谓"直觉"的"自由意志"的来片面决定。君劢列举"我对非我"之九项，他以为不能用科学方法解答者，依我看来什有八九倒是要用科学方法解答。他说：忽君主忽民主忽自由贸易忽保护贸易等等，试问论理学公例何者能证其合不合乎？其意以为这类问题既不能骤然下一个笼统普遍的断案，便算屏逐在科学范围以外。殊不知科学所推寻之公例乃是：（一）在某种条件之下，会发生某种现象。（二）欲变更某种现象，当用某种条件笼统普遍的断案，无论其不能，即能，亦断非科学之所许。若仿照君劢的论调，也可以说：忽衣裘，忽衣葛，忽附子玉桂，忽大黄芒硝……试问论理学公例何者能证其合不合乎？然则连衣服饮食都无一定公例可以支配了，天下有这种理吗？殊不知科学之职务不在绝对的普遍的证明衣裘衣葛之孰为合孰为不合，他却能证明某种体气的人在某种温度之下非衣裘或衣葛不可。君劢所列举种种问题，正复如此。若离却事实的基础，劈地凭空说君主绝对好，民主绝对好，自由贸易绝对好，保护贸易绝对好……当然是不可能，却是在某种社会结合之下宜于君主，在某种社会结合之下宜于民主，在某种经济状态之下宜自由贸易，在某种经济状态之下宜保护贸易……那么，论理上的说明自然是可能，而且要绝对的尊重。君劢于意云何？难道能并此而不承认吗？总之凡属于物界生活之诸条件，都是有对待的。有对待的自然一部或全部应为"物的法则"之所支配，我们对于这一类生活，总应该根据"当时此地"之事实，用极严密的科学方法，求出一种"比较合理"的生活，这是可能而且必要的。就这点沦，在君说：人生观不能和科学分家。我认为含有一部分真理。

君劢尊直觉尊自由意志我原是赞成的，可惜他应用的范围太广泛而且有错误。他说：……常有所观察也主张也希望也要求也，是之谓人生观。甲时之所以为善者，至乙时则又以为不善而求所以革之。乙时之所以为善者，至丙时又以为不善而求所以革之。……君劢所用"直觉"这个字，到底是怎样的内容，我还没有十分清楚，照字面看来，总应该是超器官的一种作用。若我猜得不错，那么，他说的"有所观察而甲乙丙时或以为善或以为不善"便纯然不是直觉的范围。为什么"甲时以为善乙时以为不善"，因为"常有所观察"。因观察而以为不善，跟着生出主张希望要求，不观察便罢。观察离得了科学程序吗？"以为善不善"，正是理智产生之结果。一涉理智，当然不能逃科学的支配。若说到自由意志吗，他的适用，当然该有限制。我承认人类所以贵于万物者，在有自由意志，又承认人类社会所以日进，全靠他们的自由意志。但自由意志之所以可贵，全在其能选择于善不善之间而自己作主以决从违，所以自由意志是要与理智相辅的。若像君劢全抹杀客观以谈自由意志，这种盲目的自由，恐怕没有什么价值了。（君劢清华讲演所列举人生观五项特征，第一项说人生观为主观的，以与客观的科学对立。这话毛病很大，我以为人生观最少也要主观和客观结合才能成立。）

然则我全部赞成在君的主张吗？又不然。在君过信科学万能，正如君劢之轻蔑科学同一错误。在君那篇文章，很像专制宗教家口吻，殊非科学者态度，这是我最替在君可惜的地方，但也无须一一指摘了。在君说：我们有求人生观统一的义务。又说：用科学方法求出是非真伪，将来也许可以把人生观统一。（他把医学的进步来做比喻。）我说，人生观的统一，非惟不可能，而且不必要；非惟不必要，而且有害。要把人生观统一，结果岂不是"别黑白而定一尊"？不许异己者跳梁反侧，除非中世的基督教徒才有这种谬见，似乎不应该出于科学家之口。至于用科学来统一人生观，我更不相信有这回事。别的且不说，在君说：世界上的玄学家一天没有死完，自然一天人生观不能统一。我倒要问：万能的科学，有没有方法令世界上的玄学家死完？如其不能，即此已可见科学功能是该有限制了。闲话少叙，请归正文。

人类生活，固然离不了理智，但不能说理智包括尽人类生活的全内容。此外还有极重要一部分，或者可以说是生活的原动力，就是"情感"。情感表出来的方向很多，内中最少有两件的的确确带有神秘性的，就是"爱"和"美"。"科学帝国"的版图和威权，无论扩大到什么程度，这位"爱先生"和那位"美先生"，依然永远保持他们那种"上不臣天子，下不友诸侯"的身分，请你科学家把"美"来分析研究罢。什么线，什么光，什么韵，什么调……任凭你说得如何文理密察，可有一点儿搔着痒处吗？至于"爱"，那更"玄之又玄"了，假令有两位青年男女相约为"科学的恋爱"，岂不令人喷饭，又何止两性之爱呢？父子朋友…………间至性，其中不可思议者何限？孝子割股疗亲，稍有常识的也该知道是无益，但他情急起来，完全计较不到这些。程婴、杵臼，代人抚孤，抚成了还要死。田横岛上五百人，死得半个也不剩。这等举动，若用理智解剖起来，都是很不合理的，却不能不说是极优美的人生观之一种。推而上之，孔席不暖，墨突不黔，释迦割臂饲鹰，基督钉十字架替人赎罪，他们对于一切众生之爱，正与恋人之对于所欢同一性质，我们想用什么经验什么轨范去测算他的所以然之故，真是痴人说梦。又如随便一个人对于所信仰的宗教，对于所崇拜的人或主义，那种狂热情绪，旁观人看来，多半是不可解，而且不可以理喻的。然而一部人类活历史，却什有九从这种神秘中创造出来。从这方面说，却用得著君劢所谓主观所谓直觉所谓综合而不可分析等等话头，想用科学方法去支配他，无论不可能，即能，也把人生弄成死的没有价值了。

我把我极粗浅极凡庸的意见总括起来，是：

人生关涉理智方面的事项，绝对要用科学方法来解决；关涉情感方面的事项，绝对的超科学。

我以为君劢和在君所说，都能各明一义，可惜排斥别方面太过，都弄出语病来。我还信他们不过是"语病"，他们本来的见解，也许和我没有什么大分别哩。

以上批评"人生观与科学"的话，暂此为止，改天还想讨论别的问题。

十二年五月廿三日翠微山秘魔岩作

非"唯"

［1924年］

近来学界最时髦的话头是"唯……主义"、"唯……主义"等。这种话头，起初是从印度学传来的，如"三界唯心，万法唯识"之类便是。最近欧学输入，名目越发多了，最著者如"唯物史观"、"唯心哲学"，乃至"唯用"、"唯感"、"唯美"、"唯实"、"唯乐"等等，标名新颖，立说精奇，很替学界增许多光焰。

这种做学问法，我也承认他有两点好处，列举如下：

第一，标出一个鹄的，自然可以免思想笼统的毛病。黄梨洲说：凡学须有宗旨，是其人得力处，亦即学者用力处。标出"唯……主义"，令思想归边，专从这一边研究，务要"持之有故，言之成理"，自然一天一天的鞭辟近里，有许多新发明。

第二，旗帜鲜明，于传播学说最利便而且有力。凡提倡一种学说的人，目的总是想把学说应用到实际，自然是希望信从我的人越多越好。标出一个字做宗旨，令人容易了解我学说的性质，只要表同情的便走集这面旗子底下，共同尽力，结果能令学说变成宗教性，传播得极广极猛。

但这都是从做学问方法或传播学问的手段立论。若讲到学问的本质吗，除却自然科学不计外，专就人生的学问讲，我以为，人生是最复杂的最矛盾的，真理即在复杂矛盾的中间。换句话说，真理是不能用"唯"字表现的，凡讲"唯什么"的都不是真理。

"唯什么"、"唯什么"的名目很多，最主要者莫如"唯物论"和"唯心论"。其实人生之所以复杂矛盾，也不过以心物相互关系为出发点，所以我的"非唯"论，就从这唯物、唯心两派"非"起。

"非唯物"和"非唯心"的根本理论，若详细论列，要著一部几十万字的书才能说明，现在暂且不讲。只讲因这种学说发生出来的毛病。

心力是宇宙间最伟大的东西，而且含有不可思议的神秘性，人类所以在生物界占特别位置者就在此，这是我绝对承认的。若心字上头加上一个唯字，我便不能不反对了。充"唯心论"的主张，必要将所有物质的条件和势力一概否认，才算贯彻。然而事实上那里能做到，自然界的影响和限制且不必论，乃至和我群栖对立的"人们"，从我看来，皆物而非心。我自己身体内种种机官和生理上作用，皆物而非心。总而言之，无论心力如何伟大，总要受物的限制，而且限制的方面很多，力量很不弱。所以唯心论者若要贯彻他的主张，结果非走到非生活的，最少也是非共同生活的那条路上不可。因为生活条件的大部分是物质，既生活便不能蔑视他了。若既生活而又专讲唯心，把物的条件看不在眼内，结果则如宋儒说的"心具众理"，"一旦豁然贯通，则众物之表里精粗无不到"。这种学说，在个人修养的收获上是很杳茫的，而在社会设施上可以发生奇谬，闹出种种乱子来，所以我要反对他。

　　物的条件之重要，前文已经说过，所以关于遗传咧、环境咧种种影响，乃至最狭义的以经济活动为构成文化的主要要素，这些学说，我都承认他含有一部分真理。若在物字上头加上一个唯字，我又不能不反对了。须知人类和其他动物之所以不同者，其他动物至多能顺应环境罢了，人类则能改良或创造环境。拿什么去改良创造，就是他们的心力，若不承认这一点心力的神秘，便全部人类进化史都说不通了。若要贯彻唯物论的主张吗？结果非归到"机械的人生观"不可。去年人生观的论战，陈独秀赤裸裸的以极大胆的态度提出机械的人生观，在那一面算是最彻底的，非丁在君、胡适之所及。机械的人生观是否合理，且不必多辨。须知这种话是和"命定主义"一鼻孔出气的，"万事有个造化主安排定"，"八字从胎里带下来"……这类种种鬼话，固然是"命定主义"。气候咧，山川咧，物产的丰饶或磽薄咧，交通的便利或闭塞咧……乃至社会形成的习惯咧，血统带来的遗传咧，若说这些事项有无限的权威，我们人类完全受他支配，也是一种"命定主义"。此说若真，那么，人类一切活动，都是白饶，我们笼着手听什么环境什么遗传摆布罢了。殊不知人类这样怪物，最是不安本分，不管他们力量做得到做不到的事，都要去碰碰。你说他们白碰吗？不然不然！他们横碰竖碰，碰一百回有九十九回失败，但碰通了一回却了不得了，他们便趁风使帆，演出几多把戏。他们又是死皮赖脸不怕碰钉子的，碰了一回还来第二回、

第三回到百千万回，弄得自然界的专制皇帝和过去历史界的积世老婆婆也把这些顽皮孩子们无可奈何，只得让他们"无佛称尊"了。人类之"曲线形的进化史"，都是从这样子演出来。唯物史观的人们呵！机械人生观的人们呵！若使你们所说是真理，那么，我只好睡倒罢！请你也跟我一齐睡倒罢！"遗传的八字"、"环境的流年"早已经安排定了，你和我跳来跳去，"干吗？"哈哈！机械人生观的人们呵！须知机械全是他动的，不能自动，人类若果是机械，还有什么存在的意义和价值，所以这一派学说我是不能不反对的。

以上是我对于赫赫有名的唯心、唯物两派主义下的"哀的美敦书"，其余"唯什么"、"唯什么"的我都一齐宣战。

孟子说：所恶执一者，为其贼道也，举一而废百也。问我为什么要"非唯"，为的就是这个缘故。

李斯说：别黑白而定一尊。董仲舒说：凡不在……之科者皆绝其道，勿使并进。这都是学术界专制帝王的口吻，主张"唯什么"、"唯什么"的正是同一口吻。问我为什么要"非唯"，为的就是这个缘故。

读完我这篇文章的人怕会说：然则你是灰色的。我答道：或者不错，然而灰色或者是好的，为什么好，好在他不"唯"。……

凡主张"唯什么"、"唯什么"的人们，我都很盼他赐教，我愿意答覆。

在中国公学演说词

[1920年3月13日]

鄙人从欧洲初归，即遇本校开学，实为幸荣。鄙人对于校中任事诸人皆为道义交，可谓精神上久已结合一致，惟自己未曾稍尽义务为可愧耳。

此次游欧，为时短而历地多，故观察亦不甚清切，所带来之土产，因不甚多。惟有一件可使精神受大影响者，即将悲观之观念完全扫清是已。因此精神得以振作，换言之，即将暮气一扫而空。此次游欧所得止此。何以能致此？则因观察欧洲百年来所以进步之故，而中国又何以效法彼邦而不能相似之故。鄙人对于此点有所感想，考欧洲所以致此者，乃因其社会上政治上固有基础而自然发展以成者也。其固有基础与中国不同，故中国不能效法。欧洲在此百年中，可谓在一种不自然之状态中，亦可谓在病的状态中。中国效法此种病态，故不能成功。

第一以政治论。例如代议制，乃一大潮流，亦十九世纪唯一之宝物。各国皆趋此途，稍有成功，而中国独否。此何故？盖代议制在欧洲确为一种阶段，而在中国则无此可能性。盖必有贵族地主，方能立宪，以政权集中于少数贤人之手，以为交付于群众之过渡。如英国确有此种少数优秀之人，先由贵族扩至中产阶级，再扩至平民，以必有阶级始能次第下移。此少数人皆有自任心。如日本亦然，以固有阶级之少数优秀代表全体人民。至于中国则不然，自秦以来，久无阶级，故欲效法英、日，竟致失败，盖因社会根底完全不同故也。中国本有民意政治之雏形，全国人久已有舆论民嚣之印象。但其表示之方法则甚为浑漠，为可憾耳。如御史制度，即其一例。其实自民本主义而言，中国人民向来有不愿政府干涉之心，亦殊合民本主义之精神，对于此种特性不可漠视。往者吾人徒作中央集权之迷梦，而忘却此种固有特性，须知集权与中国民性最不相容，强行之，其结果不生反动，必生变态。此所以吾人虽欲效法欧洲而不能成功者也。但此种不成功果为中国之不幸乎？抑幸乎？先以他国为喻。如日、德，究竟其效法于英者为成功欤抑失败欤？日本则因结果未揭晓，悬而勿论。且言德国，其先本分两派：一为共和统一派，一为君主统一派。迨俾士麦出，君主统一乃成。假定无俾氏，又假定出于共和统一之途，吾敢断言亦必成功，特不过稍迟耳。又假定其早已采用民本主义，吾敢决其虽未能发展如现在之速，然必仍发达如故。则可见此五十年乃绕道而走，至今仍须归原路，则并非幸也可知矣。总之德国虽学英而成，然其价值至今日则仍不免于重新估定。如中国虽为学而失败者，然其失败未必为不幸。譬如一人上山，一人走平地，山后无路，势必重下，而不能上山者，则有平路可走。可知中国国民此次失败不过小受波折，固无伤于大体，且将来大有希望也。

第二论社会亦然。中国社会制度颇有互助精神，竞争之说素为中国人所不解，而互助则西方人不甚了解。中国礼教及祖先崇拜皆有一部分为出于克己精神与牺牲精神者。中国人之特性在能抛弃个人享乐而欧人则反之。夫以道德上而言，决不能谓个人享乐主义为高。则中国人之所长，正在能维持社会的生存与增长，故中国数千年来经外族之蹂躏，而人数未尝减少。职此之故，因此吾以为不必学他人之竞争主义，不如就固有之特性而修正扩充之也。

第三论经济。西方经济之发展全由于资本主义，乃系一种不自然之状态，并非合理之组织。现在虽十分发达，然已将趋末路；且其积重难返，不能挽救，势必破裂。中国对于资本集中，最不适宜，数十年来欲为之效法，而始终失败。然此失败未必为不幸。盖中国因无贵族地主，始终实行小农制度，此种小农制度法国自革命后始得之，俄之多数派亦主张此制，而中国则固有之。现代经济皆以农业为经济基础，则中国学资本主义而未成，岂非天幸？将来大可取新近研究所得之制度而采用之，鄙人觉中国之可爱正在此。

总之，吾人当将固有国民性发挥光大之，即当以消极变为积极是已。如政治本为民本主义，惜其止在反对方面，不在组织方面；社会制度本为互助主义，亦惜止限于家庭方面。若变为积极，斯佳矣。鄙人自作此游，对于中国，甚为乐观，兴会亦浓，且觉由消极变积极之动机，现已发端。诸君当知中国前途绝对无悲观，中国固有之基础亦最合世界新潮，但求各人自高尚其人格，励进前往，可也。以人格论，在现代，以李宁为最。其刻苦之精神，其忠于主义之精神，最足以感化人。完全以人格感化全俄，故其主义能见实行。惟俄国国民性为极端，与中国人之中庸性格不同。吾以为中国人亦非设法调和不可，即于思想当为澈底解放，而行为则当踏实，必自立在稳当之地位。

学生诸君，当人人有自任心，极力从培植能力方面着想，总须将自己发展到圆满方可。对于中国不必悲观，对于自己，则设法养成高尚人格，则前途诚未可量也。

"知不可而为"主义与"为而不有"主义

[1921年12月21日]

今天的讲题是两句很旧的话，一句是"知其不可而为之"；一句是"为而不有"。现在案照八股的作法，把他分作两股讲。

诸君读我的近二十年来的文章，便知道我自己的人生观是拿两样事情做基础：（一）"责任心"；（一）"兴味"。人生观是个人的，各人有各人的人生观，各人的人生观不必都是对的，不必于人人都合宜。但我想，一个人自己修养自己，总须拈出个见解，靠他来安身立命。我半生来拿"责任心"和"兴味"这两样事情做我生活资粮，我觉得于我很是合宜。

我是感情最富的人，我对于我的感情都不肯压抑，听其尽量发展。发展的结果，常常得意外的调和，"责任心"和"兴味"都是偏于感情方面的多，偏于理智方面的很少。

"责任心"强迫把大担子放在肩上是很苦的，兴味是很有趣的，二者在表面上恰恰相反，但我常把他调和起来，所以我的生活虽说一方面是很忙乱的，很复杂的，他方面仍是很恬静的，很愉快的。我觉得世上有趣的事多极了，烦闷，痛苦，懊恼，我全没有。人生是可赞美的，可讴歌的，有趣的。我的见解便是：

（一）孔子说的"知其不可而为之"；和（二）老子的"为而不有"。

"知不可而为"主义、"为而不有"主义和近世欧美通行的功利主义根本反对，功利主义对于每做一件事之先必要问："为什么？"胡适中国哲学史大纲上讲墨子的哲学就是要问为什么。"为而不有"主义便爽快的答道："不为什么。"功利主义对于每做一件事之后必要问："有什么效果？""知不可而为"主义便答道："不管他有没有效果。"

今天讲的并不是诋毁功利主义，其实凡是一种主义皆有他的特点，不能以此非彼。从一方面看来，"知不可而为"主义，容易奖励无意识之冲动；"为而不有"主义容易把精力消费于不经济的地方。这两种主义或者是中国物质文明进步之障碍，也未可知，但在人类精神生活上却有绝大的价值，我们应该发明他享用他。"知不可而为"主义，是我们做一件事明白知道他不能得着预料的效果，甚至于一无效果，但认为应该做的便热心做去。换一句话说，就是做事时候把成功与失败的念头都撇开一边，一味埋头埋脑的去做。

这个主义如何能成立呢？依我想，成功与失败本来不过是相对的名词，一般人所说的成功不见得便是成功；一般人所说的失败不见得便是失败。天下事有许多从此一方面看说是成功，从别一方面看也可说是失败；从目前看可说是成功，从将来看也可说是失败。比方乡下人没见过电话，你让他去打电话，他一定以为对墙讲话，是没效果的，其实他方面已经得到电话，生出效果了。再如乡下人看见电报局的人在那里乒乒乓乓的打电报，一定以为很奇怪，没效果的，其实我们从他的手里已经把华盛顿会议的消息得到了。照这样看来，成败既无定形，这"可"与"不可"不同的根本先自不能存在了。孔子说："我则异于是，无可无不可。"他这句话似乎是很滑头，其实他是看出天下事无绝对的"可"与"不可"，即无绝对的成功与失败。别人心目中有"不可"这两个字，孔子却完全没有。"知不可而为"本来是晨门批评孔子的话，映在晨门眼帘上的孔子是。"知不可而为"，实际上的孔子是"无可无不可而为"罢了，这是我的第一层的解释。

进一步讲，可以说宇宙间的事绝对没有成功，只有失败。成功这个名词，是表示圆满的观念；失败这个名词，是表示缺陷的观念。圆满就是宇宙进化的终点，到了进化终点，进化便休止，进化休止不消说是连生活都休止了。所以平常所说的成功与失败不过是指人类活动休息的一小段落，比方我今天讲演完了，就算是我的成功，你们听完了，就算是你们的成功。

到底宇宙有圆满之期没有？到底进化有终止的一天没有？这仍是人类生活的大悬案，这场官司从来没有解决，因为没有这类的裁判官。据孔子的眼光看来，这是六合以外的事，应该"存而不论"，此种问题和"上帝之有无"是一样不容易解决的，我们不是超人，所以不能解决超人的问题。人不能自举其身，我们又何能拿人生以外的问题来解决人生的问题？人生是宇宙的小段片，孔子不讲超人的人生，只从小段片里讲人生。

人类在这条无穷无尽的进化长途中，正在发脚蹒跚而行。自有历史以来，不过在这条路上走了一点，比到宇宙圆满时候，还不知差几万万年哩。现在我们走的只是像体操教员刚叫了一声"开步走"，就想要得到多少万万年后的成功，岂非梦想！所以谈成功的人不是骗别人，简直是骗自己。

就事业上讲，说什么周公致太平，说什么秦始皇统一天下，说什么释迦牟尼普渡众生。现在我们看看周公所致的太平到底在那里？大家说是周公的成功，其实是他的失败。"六王毕，四海一"，这是说秦始皇统一天下了，但仔细看看，他所统一的到底在那里？并不是说他传二世而亡，他的一分家当完了，就算失败，只看从他以后，便有楚汉之争，三国分裂，五胡乱华，唐之藩镇，宋的辽金。就现在说，又有督军之割据，他的统一之功算成了吗？至于释迦牟尼，不但说没普渡了众生，就是当时的印度人也未全被他普渡。所以世人所说的一般大成功家，实在都是一般大失败家。再就学问上讲，牛顿发明引力，人人都说是科学上的大成功，但自爱斯坦之相对论出，而牛顿转为失败，其实牛顿本没成功，不过我们没有见到就是了。近两年来欧美学界颂扬爱斯坦成功之快之大，无比矣，我们没学问，不配批评，只配跟着讴歌，跟着崇拜，但照牛顿的例看来，他也算是失败。所以无论就学问上讲就事实上讲总一句话说，只有失败的，没有成功的。

人在无边的"宇"（空间）中，只是微尘，不断的"宙"（时间）中，只是段片。一个人无论能力多大，总有做不完的事，做不完的便留交后人。这好像一人，忙极了有许多事做不完，只好说："托别人做吧。"一人想包做一切事，是不可能的，不过从全体中抽出几万万分之一点做做而已，但这如何能算是成功！若就时间论，一人所做的一段片，正如"抽刀断水水更流"，也不得叫做成功。

孔子说："死而后已。"这个人死了那个人来继续，所以说继继绳绳，始能成大的路程。天下事无不可，天下事无成功。

然而人生这件事却奇怪的很，在无量数年中，无量数人，所做的无量数事，个个都是不可，个个都是失败。照数学上零加零仍等于零的规律讲，合起来应该是个大失败，但许多的"不可"加起来，却是一个"可"，许多的"失败"加起来，却是一个"大成功"。这样看来，也可说是上帝生人就是教人作失败事的，你想不失败吗？那除非不做事。但我们的生活便是事，起居饮食也是事，言谈思虑也是事，我们能到不做事的地步吗？要想不做事，除非不做人，佛劝人不做事，便是劝人不做人，如果不能不做人，非做事不可，这样看来，普天下事都是"不可而为"的事，普天下人都是"不可而为"的人。不过孔子是"知不可而为"，一般人是"不知不可而为"罢了。

"不知不可而为"的人，遇事总要计算计算，某事可成功，某事必失败。可成功的便去做，必失败的便躲避。自以为算盘打对了，其实全是自己骗自己，计算的总结与事实绝对不能相应，成败必至事后始能下判断的。若事前横计算竖计算，反减少人作事的勇气，在他挑选趋避的时候，十件事至少有八件事因为怕失败，不去做了。

算盘打得精密的人，看着要失败的事都不敢做，而为势所迫，又不能不勉强去做，故常说："要失败啦，我本来不愿意做，不得已啦。"他有无限的忧疑，无限的惊恐，终日生活在摇荡苦恼里。

　　算盘打得不精密的人，认为某件事要成功，所以在短时间内欢喜鼓舞的做去，到了半路上忽然发见他的成功希望是空的，或者做到结尾，不能成功的真相已经完全暴露，于是千万种烦恼悲哀都凑上来了。精密的人不敢做，不想做，而又不能不做，结果固然不好。但不精密的人，起初喜欢去做，继后失败了灰心丧气的不做，比前一类人更糟些。

　　人生在世界是混混沌沌的，从这种境界里过数十年，那末，生活便只有可悲更无可乐。我们对于"人生"真可以诅咒，为什么人来世上作消耗面包的机器呢？若是怕没人吃面包，何不留以待虫类呢？这样的人生可真没一点价值了。

　　"知不可而为"的人怎样呢？头一层，他预料的便是失败，他的预算册子上件件都先把失败两个字摆在当头，用不着什么计算不计算，拣择不拣择，所以孔子一生一世只是"毋意，毋必，毋固，毋我"。"意"是事前猜度，"必"是先定其成败，"固"是先有成见，"我"是为我。孔子的意思就是说人不该猜度，不该先定事之成败，不该先有成见，不该为着自己。

　　第二层，我们既做了人，做了人既然不能不生活，所以不管生活是段片也罢，是微尘也罢，只要在这微尘生活、段片生活里，认为应该做的，便大踏步的去做，不必打算，不必犹豫。

　　孔子说："无适也，无莫也，义之与比。"又说："鸟兽不可与同群，吾非斯人之徒欤而谁欤，天下有道，丘不与易也。"这是绝对自由的生活。假设一个人常常打算何事应做，何事不应做，他本来想到街上散步，但一念及汽车撞死人，便不敢散步。他看见飞机很好，也想坐一坐，但一念及飞机摔死人，便不敢坐，这类人是自己禁住自己的自由了。要是外人剥夺自己的自由，自己还可以恢复；要是自己禁住自己的自由，可就不容易恢复了。"知不可而为"主义，是使人将做事的自由大大的解放，不要作无为之打算，自己捆绑自己。

孔子说："智者不惑，仁者不忧，勇者不惧。"不惑就是明白，不忧就是快活，不惧就是壮健。反过来说，惑也，忧也，惧也，都是很苦的，人若生活于此中，简直是过监狱的生活。

遇事先计画成功与失败，岂不是一世在疑惑之中；遇事先怕失败，一面做，一面愁，岂不是一世在忧愁之中；遇事先问失败了怎么样，岂不是一世在恐惧之中。

"知不可而为"的人，只知有失败，或者可以说他们用的字典里，从没有成败二字。那末，还有什么可惑可忧可惧呢？所以他们常把精神放在安乐的地方，所以一部《论语》，开宗明义便说："不亦乐乎！""不亦悦乎！"用白话讲，便是："好呀！""好呀！"

孔子说："发愤忘食，乐以忘忧，不知老之将至。"可见他作事是自己喜欢的，并非有何种东西鞭策才作的。所以他不觉胡子已白了，还只管在那里做，他将人生观立在"知不可而为"上，所以事事都变成不亦乐乎！不亦悦乎！这种最高尚、最圆满的人生，可以说是从"知不可而为"主义发生出来，我们如果能领会这种见解，即令不可至于乐乎悦乎的境地，至少也可以减去许多"惑""忧""惧"，将我们的精神放在安安稳稳的地位上，这样才算有味的生活，这样才值得生活。

第一股做完了，现在做第二股，仍照八股的做法，说几句过渡的话："为而不有"主义与"知不可而为"主义，可以说是一个主义的两面。"知不可而为"主义可以说是"破妄返真"，"为而不有"主义可以说是"认真去妄"；"知不可而为"主义可使世界从烦闷至清凉，"为而不有"主义可使世界从极平淡上显出灿烂。

"为而不有"这句话，罗素解释的很好，他说：人有两种冲动，（一）占有冲动，（二）创造冲动。这句话便是提倡人类的创造冲动的，他这些学说，诸君谅已熟闻，不必我多讲了。

"为而不有"的意思是不以所有观念作标准，不因为所有观念始劳动。简单一句话，便是为劳动而劳动，这话与佛教说的"无我我所"相通。

常人每做一事，必要报酬，常把劳动当作利益的交换品，这种交换品只准自己独有，不许他人同有，这就叫做"为而有"。如求得金钱，名誉，因为"有"，才去为，有为一身有者，有为一家有者，有为一国有者，在老子眼中看来，无论为一身有，为一家有，为一国有，都算是为而有，都不是劳动的真目的。人生劳动应该不求报酬，你如果问他："为什么而劳动？"他便答道："不为什么。"再问："不为什么为什么劳动？"他便老老实实说："为劳动而劳动，为生活而生活。"

老子说："上人为之而无以为。"韩非子给他解释的很好："生于其心之所不能已，非求其为报也。"简单说来，便是无所为而为。既无所为，所以只好说为劳动而劳动，为生活而生活，也可说是劳动的艺术化生活的艺术化。

老子还说："既以为人己愈有，既以与人己愈多。"这是说我要帮助人，自己却更有，不致损减。我要给人，自己却更多，不致损减，这话也可作为而不有的解释。按实说，老子本来没存"有"、"无"、"多"、"少"的观念，不过假定差别相以示常人罢了。

在人类生活中最有势的便是占有性，据一般人的眼光看来，凡是为人的好像己便无。例如楚汉争天下，楚若为汉，楚便无。汉若为楚，汉便无。韩信、张良帮汉高的忙谋皇帝，他们便无，凡是与人的好像己便少。例如我们到磁器铺子里买瓶子，一个瓶子，他要四元钱，我们只给他三元半，他如果卖了，岂不是少得五角，岂不是既以与人己便少吗！这似乎是和己愈有己愈多的话相反，然自他一方面看来，譬如我今天讲给诸君听，总算与大家了，但我仍旧是有，并没减少。再如教员天天在堂上给大家讲，不特不能减其所有，反可得教学相长的益处，至若弹琴唱歌给人听，也并没损失，且可使弹的唱的更加熟练。文学家，诗人，画家，雕刻家，慈善家，莫不如此。即就打算盘论，帮助人的虽无实利，也可得精神上的愉快。

老子又说："含德之厚，比于赤子。赤子终日号而不嗄，和之至也。"他的意思就是说成人应该和小孩子一样，小孩子天天在那里哭，小孩子并不知为什么而哭，无端的大哭一场，好像有许多痛心的事，其实并不为什么。成人亦然，问他为什么吃？答为饿。问他为什么饿？答为生理上必然的需要。再问他为什么生理上需要？他便答不出了。所以"为什么"是不能回的，如果事事问为什么，什么事都不能做了。

老子说："无为而无不为。"我们却只记得他的上半截的

"无为"，把下半截的"无不为"忘掉了，这的确是大错。他的主义是不为什么，而什么都做了，并不是说什么都不做，要是说什么都不做，那他又何必讲五千言的道德经呢？

"知不可而为"主义与"为而不有"主义，都是要把人类无聊的计较一扫而空，喜欢做便做，不必瞻前顾后。所以归并起来，可以说这两种主义就是"无所为而为"主义，也可以说是生活的艺术化，把人类计较利害的观念，变为艺术的，情感的。

这两种主义的概念，演讲完了，我很希望他发扬光大，推之于全世界。但要实行这种主义须在社会组织改革以后，试看在俄国劳农政府之下，"知不可而为"和"为而不有"的人比从前多得多了。

社会之组织未变，社会是所有的社会，要想打破所有的观念，大非易事。因为人生在所有的社会上，受种种的牵制，倘有人打破所有的观念，他立刻便缺乏生活的供给。比方作教员的，如果不要报酬，便立刻没有买书的费用，然假使有公共图书馆，教员又何必自己买书呢？中国人常喜欢自己建造花园，然而又没有钱，其势不得不用种种不正当的方法去找钱，这还不是由于中国缺少公共花园的缘故吗？假使中国仿照欧美建设许多极好看、极精致的公共花园，他们自然不去另造了。所以必须到社会组织改革之后对于公众有种种供给时才能实行这种主义。

虽是这样说法，我们一方面希望求得适宜于这种主义的社会，一方面在所处的混浊的社会中，还得把这种主义拿来寄托我们的精神生活，使他站在安慰清凉的地方，我看这种主义恰似青年修养的一付清凉散，我不是拿空话来安慰诸君，也不是勉强去左右诸君，他的作用着实是如此的。

最后我还要对青年进几句忠告。老子说："宠辱不惊"，这句话最关重要，现在的一般青年或为宠而惊，或为辱而惊。然为辱而惊的大家容易知道，为宠而惊的大家却不易知道，或者为宠而惊的比较为辱而惊的人的人格更为低下也说不定。"五四"以来，社会上对于青年可算是宠极了，然根柢浅薄的人，其所受宠的害，恐怕比受辱的害更大吧！有些青年自觉会做几篇文章，便以为满足，其实与欧美比一比，那算得什么学问，徒增了许多虚荣心罢了。他们在报上出风头，不过是为眼前利害所鼓动，为虚荣心所鼓动，别人说成功，他们便自以为成功，岂知天下没成功的事，这些都是被成败利钝的观念所误了。

古人的这两句话，我希望现在的青年在脑子里多转几转，把他当作失败中的鼓舞，烦闷中的清凉，困倦中的兴奋。

情圣杜甫

[1922年5月21日]

一

今日承诗学研究会嘱托讲演，可惜我文学素养很浅薄，不能有什么新贡献，只好把咱们家里老古董搬出来和诸君摩挲一番，题目是："情圣杜甫"。在讲演本题以前，有两段话应该简单说明：

第一　新事物固然可爱，老古董也不可轻轻抹煞，内中艺术的古董，尤为有特殊价值。因为艺术是情感的表现，情感是不受进化法则支配的，不能说现代人的情感一定比古人优美，所以不能说现代人的艺术一定比古人进步。

第二　用文字表出来的艺术——如诗词、歌剧、小说等类，多少总含有几分国民的性质。因为现在人类语言未能统一，无论何国的作家，总须用本国语言文字做工具，这副工具操练得不纯熟，纵然有很丰富高妙的思想，也不能成为艺术的表现。

我根据这两种理由，希望现代研究文学的青年，对于本国二千年来的名家作品，着实费一番工夫去赏会他。那么，杜工部自然是首屈一指的人物了。

二

杜工部被后人上他徽号叫做"诗圣"，诗怎么样才算"圣"，标准很难确定，我们也不必轻轻附和。我以为工部最少可以当得起"情圣"的徽号，因为他的情感的内容，是极丰富的，极真实的，极深刻的；他表情的方法又极熟练，能鞭辟到最深处，能将他全部完全反映不走样子，能像电气一般一振一荡的打到别人的心弦上。中国文学界写情圣手，没有人比得上他，所以我叫他做"情圣"。

我们研究杜工部，先要把他所生的时代和他一生经历略叙梗概，看出他整个的人格。两晋、六朝几百年间，可以说是中国民族混成时代，中原被异族侵入，搀杂许多新民族的血，江南则因中原旧家次第迁渡，把原住民的文化提高了。当时文艺上南北派的痕迹显然，北派直率悲壮，南派整齐柔婉，在古乐府里头，最可以看出这分野。唐朝民族化合作用经过完成了，政治上统一，影响及于文艺，自然会把两派特性合冶一炉，形成大民族的新美。初唐是黎明时代，盛唐正是成熟时代，内中玄宗开元间四十年太平，正孕育出中国艺术史上黄金时代。到天宝之乱，黄金忽变为黑灰，时事变迁之剧，未有其比。当时蕴蓄深厚的文学界，受了这种激刺，益发波澜壮阔，杜工部正是这个时代的骄儿。他是河南人，生当玄宗开元之初，早年漫游四方，大河以北都有他足迹，同时大文学家李太白、高达夫都是他的挚友。中年值安禄山之乱，从贼中逃出，跑到甘肃的灵武谒见肃宗，补了个"拾遗"的官，不久告假回家，又碰着饥荒，在陕西的同谷县几乎饿死，后来流落到四川，依一位故人严武。严武死后，四川又乱，他避难到湖南，在路上死了。他有两位兄弟一位妹子，都因乱离难得见面，他和他的夫人也常常隔离。他一个小儿子，因饥荒饿死，两个大儿子，晚年跟着他在四川，他一生简单的经历，大略如此。

他是一位极热肠的人，又是一位极有脾气的人，从小便心高气傲，不肯趋承人，他的诗道：

> 以兹悟生理，独耻事干谒。（《奉先咏怀》）

又说：

> 白鸥没浩荡，万里谁能驯。（《赠韦左丞》）

可以见他的气概。严武做四川节度，他当无家可归的时候去投奔他，然而一点不肯趋承将就，相传有好几回冲撞严武，几乎严武容他不下哩。他集中有一首诗，可以当他人格的象征：

> 绝代有佳人，幽居在空谷。自言良家子，零落依草木。……在山泉水清，出山泉水浊。侍婢卖珠回，牵萝补茅屋。摘花不插鬓，采柏动盈掬。天寒翠袖薄，日暮倚修竹。（《佳人》）

这位佳人，身分是非常名贵的，境遇是非常可怜的，情绪是非常温厚的，性格是非常高抗的，这便是他本人自己的写照。

三

他是个富于同情心的人，他有两句诗：

穷年忧黎元，叹息肠内热。（《奉先咏怀》）

这不是瞎吹的话，在他的作品中，到处可以证明。这首诗底下便有两段说：

彤庭所分帛，本自寒女出。鞭挞其夫家，聚敛贡城阙。
（同上）

又说：

况闻内金盘，尽在卫霍室。中堂舞神仙，烟雾散玉质。暖客貂鼠裘，悲管逐清瑟。劝客驼蹄羹，霜橙压香橘。朱门酒肉臭，路有冻死骨。……（同上）

这种诗几乎纯是现代社会党的口吻，他做这诗的时候，正是唐朝黄金时代，全国人正在被镜里雾里的太平景象醉倒了，这种景象映到他的眼中，却有无限悲哀。

他的眼光，常常注视到社会最下层，这一层的可怜人那些状况，别人看不出，他都看出；他们的情绪，别人传不出，他都传出。他著名的作品《三吏》、《三别》，便是那时代社会状况最真实的影戏片，《垂老别》的：

老妻卧路啼，岁暮衣裳单。熟知是死别，且复伤其寒。此去必不归，还闻劝加餐。

《新安吏》的：

肥男有母送，瘦男独伶俜。白水暮东流，青山犹哭声。莫自使眼枯，收汝泪纵横。眼枯即见骨，天地终无情。

《石壕吏》的：

> 三男邺城戍，一男附书至，二男新战死。存者且偷生，
> 死者长已矣。

这些诗是要作者的精神和那所写之人的精神并合为一，才能做出。他所写的是否他亲闻亲见的事实，抑或他脑中创造的影像，且不管他，总之他做这首《垂老别》时，他已经化身做那位六七十岁拖去当兵的老头子；做这首《石壕吏》时，他已经化身做那位儿女死绝衣食不给的老太婆。所以他说的话，完全和他们自己说一样。他还有戏呈吴郎一首七律，那上半首是：

> 堂前扑枣任西邻，无食无儿一妇人。不为家贫宁有此，
> 只缘恐惧转须亲。……

这首诗，以诗论，并没什么好处，但叙当时一件琐碎实事——一位很可怜的邻舍妇人偷他的枣子吃，因那人的惶恐，把作者的同情心引起了，这也是他注意下层社会的证据。

有一首《缚鸡行》，表出他对于生物的泛爱，而且很含些哲理：

> 小奴缚鸡向市卖，鸡被缚急相喧争。家人厌鸡食虫蚁，
> 未知鸡卖还遭烹。虫鸡于人何厚薄，吾叱奴人解其缚。鸡虫
> 得失无时了，注目寒江倚山阁。

有一首《茅屋为秋风所破歌》，结尾几句说道：

> ……安得广厦千万间，大庇天下寒士俱欢颜。风雨不动

安如山，呜呼！何时眼前突兀见此屋，吾庐独破被冻死亦足。

有人批评他是名士说大话。但据我看来，此老确有这种胸襟，因为他对于下层社会的痛苦看得真切，所以常把他们的痛苦当作自己的痛苦。

四

他对于一般人如此多情，对于自己有关系的人更不待说了。我们试看他对朋友，那位因陷贼贬做台州司户的郑虔，他有诗送他道：

……便与先生应永诀，九重泉路尽交期。

又有诗怀他道：

天台隔三江，风浪无晨暮。郑公纵得归，老病不识路。……（《有怀台州郑十八司户》）

那位因附永王璘造反长流夜郎的李白，他有诗梦他道：

死别已吞声，生别常恻恻。江南瘴疠地，逐客无消息。故人入我梦，明我长相忆。恐非平生魂，路远不可测。魂来枫林青，魂返关塞黑。君今在罗纲，何以有羽翼。落月满屋梁，犹疑照颜色。水深波浪阔，毋使蛟龙得。（《梦李白二首》之一）

这些诗不是寻常应酬话，他实在拿郑、李等人当一个朋友，对于他们的境遇，所感痛苦和自己亲受一样，所以做出来的诗句句都带血带泪。

他集中想念他兄弟和妹子的诗，前后有二十来首，处处至性流露。最沉痛的如《同谷七歌》中：

> 有弟有弟在远方，三人各瘦何人强。生别展转不相见，胡尘暗天道路长。前飞鸳鹅后鹙鸧，安得送我置汝旁。呜呼！三歌兮歌三发，汝归何处收兄骨。

> 有妹有妹在钟离，良人早没诸孤痴。长淮浪高蛟能怒，十年不见来何时。扁舟欲往箭满眼，杳杳南国多旌旗。呜呼！四歌兮歌四奏，林猿为我啼清昼。

他自己直系的小家庭，光景是很困苦的，爱情却是很浓挚的。他早年有一首思家诗：

> 今夜鄜州月，闺中只独看。遥怜小儿女，未解忆长安。香雾云鬟湿，清辉玉臂寒。何时倚虚幌，双照泪痕干。（《月夜》）

这种缘情绮旎之作，在集中很少见，但这一首已可证明工部是一位温柔细腻的人。他到中年以后，遭值多难，家属离合，经过不少的酸苦，乱前他回家一次，小的儿子饿死了。他的诗道：

> ……老妻寄异县，十口隔风雪。谁能久不顾，庶往共饥渴。入门闻号咷，幼子饿已卒。吾宁舍一哀，里巷亦呜咽。所愧为人父，无食致夭折。……（《奉先咏怀》）

乱后和家族隔绝，有一首诗：

去年潼关破，妻子隔绝久。……自寄一封书，今已十月后。反畏消息来，寸心亦何有。……（《述怀》）

其后从贼中逃归，得和家族团聚，他有好几首诗写那时候的光景。《羌村三首》中的第一首：

峥嵘赤云西，日脚下平地。柴门鸟雀噪，归客千里致。妻孥怪我在，惊定还拭泪。世乱遭飘荡，生还偶然遂。邻人满墙头，感叹亦歔欷。夜阑更秉烛，相对如梦寐。

《北征》里头的一段：

况我堕胡尘，及归尽华发。经年至茅屋，妻子衣百结。恸哭松声回，悲泉共鸣咽。平生所娇儿，颜色白胜雪。见耶背面啼，垢腻脚不袜。床前两小女，补绽才过膝。海图坼波涛，旧绣移曲折。天吴及紫凤，颠倒在裋褐。老夫情怀恶，呕咽卧数日。那无囊中帛，救汝寒凛慄。粉黛亦解苞，衾裯稍罗列。瘦妻面复光，痴女头自栉。学母无不为，晓妆随手抹。移时施朱铅，狼藉画眉阔。生还对童稚，似欲忘饥渴。问事竞挽须，谁能即嗔喝。翻思在贼愁，甘受杂乱聒。

其后挈眷避乱，路上很苦，他有诗追叙那时情况道：

忆昔避贼初，北走经险艰。夜深彭衙道，月照白水山。尽室久徒步，逢人多厚颜。……痴女饥咬我，啼畏虎狼闻。怀中掩其口，反侧声愈嗔。小儿强解事，故索苦李餐。一旬半雷雨，泥泞相牵攀。……（《彭衙行》）

他合家避乱到同谷县山中，又遇着饥荒，靠草根木皮活命。在他困苦的全生涯中，当以这时候为最甚。他的诗说：

> 长镵长镵白木柄，我生托子以为命。黄独无苗山雪盛，短衣数挽不掩胫。此时与子空归来，男呻女吟四壁静。……（《同谷七歌》之二）

以上所举各诗写他自己家庭状况，我替他起个名字叫做"半写实派"。他处处把自己主观的情感暴露，原不算写实派的作法，但如《羌村》、《北征》等篇，多用第三者客观的资格，描写所观察得来的环境和别人情感，从极琐碎的断片详密刻画，确是近世写实派用的方法，所以可叫做半写实。这种作法，在中国文学界上，虽不敢说是杜工部首创，却可以说是杜工部用得最多而最妙。从前古乐府里头，虽然有些，但不如工部之描写入微。这类诗的好处，在真事愈写得详，真情愈发得透，我们熟读他，可以理会得"真即是美"的道理。

五

杜工部的"忠君爱国"，前人恭维他的很多，不用我再添话。他集中对于时事痛哭流涕的作品，差不多占四分之一，若把他分类研究起来，不惟在文学上有价值，而且在史料上有绝大价值，为时间所限，恕我不征引了。内中价值最大者，在能确实描写出社会状况，及能确实讴吟出时代心理，刚才举出半写实派的几首诗，是集中最通用的作法，此外还有许多是纯写实的，试举他几首：

献凯日继踵，两蕃静无虞。渔阳豪侠地，击鼓吹笙竽。云帆转辽海，粳稻来东吴。越裳与楚练，照耀舆台躯。主将位益崇，气骄凌上都。边人不敢议，议者死路衢。（《后出塞五首》之四）

读这些诗，令人立刻联想到现在军阀的豪奢专横，——尤其逼肖奉直战争前张作霖的状况，最妙处是不著一个字批评，但把客观事实直写，自然会令读者叹气或瞪眼。又如《丽人行》那首七古，全首将近二百字的长篇，完全立在第三者地位观察事实，从"三月三日天气新"，到"青鸟飞去衔红巾"，占全首二十六句中之二十四句，只是极力铺叙那种豪奢热闹情状，不惟字面上没有讥刺痕迹，连骨子里头也没有。直至结尾两句：

炙手可热势绝伦，慎莫近前丞相嗔。

算是把主意一逗，但依然不著议论，完全让读者自去批评。这种可以说讽刺文学中之最高技术，因为人类对于某种社会现象之批评，自有共同心理，作家只要把那现象写得真切，自然会使读者心理起反应。若把读者心中要说的话，作者先替他倾吐无余，那便索然寡味了。杜工部这类诗，比白香山新乐府高一筹，所争就在此。《石壕吏》、《垂老别》诸篇所用技术，都是此类。

工部的写实诗，什有九属于讽刺类。不独工部为然，近代欧洲写实文学，那一家不是专写社会黑暗方面呢？但杜集中用写实法写社会优美方面的亦不是没有，如《遭田父泥饮》那篇：

步屧随春风，村村自花柳。田翁逼社日，邀我尝春酒。酒酣夸新尹，畜眼未见有。回头指大男，"渠是弓弩手。名在飞骑籍，长番岁时久，前日放营农，辛苦救衰朽。差科死则已，誓不举家走。今年大作社，拾遗能住否？"叫妇开大瓶，盆中为吾取。……高声索果栗，欲起时被肘。指挥过无礼，未觉村野丑。月出遮我留，仍嗔问升斗。

这首诗把乡下老百姓极粹美的真性情，一齐活现，你看他父子夫妇间何等亲热！对于国家的义务心何等郑重！对于社交，何等爽快，何等恳切！我们若把这首诗当个画题，可以把篇中各人的心理从面孔上传出，便成了一幅绝好的风俗画。我们须知道，杜集中关于时事的诗，以这类为最上乘。

六

工部写情能将许多性质不同的情绪，归拢在一篇中，而得调和之美。例如《北征》篇，大体算是忧时之作。然而"青云动高兴，幽事亦可悦"以下一段，纯是玩赏天然之美；"夜深经战场，寒月照白骨"以下一段，凭吊往事；"况我堕胡尘"以下一大段，纯写家庭实况，忽然而悲，忽然而喜；"至尊尚蒙尘"以下一段，正面感慨时事，一面盼望内乱速平，一面又忧虑到凭藉回鹘外力的危险；"忆昨狼狈初"以下到篇末，把过去的事实，一齐涌到心上。像这许多杂乱情绪迸在一篇，调和得恰可，非有绝大力量不能。

工部写情，往往愈拗愈紧，愈转愈深。像《哀王孙》那篇，几乎一句一意，试将现行新符号去点读他，差不多每句都须用"。"符或"；"符，他的情感，像一堆乱石，突兀在胸中，断断续续的吐出，从无条理中见条理，真极文章之能事。

工部写情，有时又淋漓尽致一口气说出，如八股家评语所谓"大开大合"，这种类不以曲折见长，然亦能极其美。集中模范的作品，如《忆昔行》第二首，从"忆昔开元全盛日"起到"叔孙礼乐萧何律"止，极力追述从前太平景象，从社会道德上赞美，令意义格外深厚。自"岂闻一缣直万钱"到"复恐初从乱离说"，翻过来说现在乱离景象，两两比对，令读者胆战肉跃。

工部还有一种特别技能，几乎可以说别人学不到，他最能用极简的语句，包括无限情绪，写得极深刻。如《喜达行在所》三首中第三首的头两句：

死去凭谁报，归来始自怜。

仅仅十个字，把十个月内虎口余生的甜酸苦辣都写出来，这是何等魄力。又如前文所引《述怀》篇的：

反畏消息来。

五个字，写乱离中担心家中情状，真是惊心动魄。又如《垂老别》里头："势异邺城下，纵死时犹宽。"

死是早已安排定了，只好拿期限长些作安慰，（原文是写老妻送行时语。）这是何等沉痛。又如前文所引的：

郑公纵得归，老病不识路。

明明知道他绝对不得归了，让一步虽得归，已经万事不堪回首。此外如：

> 带甲满天地，胡为君远行。
>
> 万方同一概，吾道竟何之。（《秦州杂诗》）
>
> 国破山河在，城春草木深。
>
> 亲朋无一字，老病有孤舟。（《登岳阳楼》）
>
> 古往今来皆涕泪，断肠分手各风烟。（《公安送韦二少府》）

之类，都是用极少的字表极复杂、极深刻的情绪，他是用洗炼工夫用得极到家，所以说："语不惊人死不休"，此其所以为文学家的文学。

悲哀愁闷的情感易写，欢喜的情感难写。古今作家中，能将喜情写得逼真的，除却杜集《闻官军收河南河北》外，怕没有第二首。那诗道：

> 剑外忽闻收蓟北，初闻涕泪满衣裳。却看妻子愁何在，漫卷诗书喜欲狂。白日放歌须纵酒，青春作伴好还乡。即从巴峡穿巫峡，便下襄阳向洛阳。

那种手舞足蹈情形，从心坎上奔迸而出，我说他和古乐府的"公无渡河"是同一样笔法，彼是写忽然剧变的悲情，此是写忽然剧变的喜情，都是用快光镜照相照得的。

七

工部流连风景的诗比较少，但每有所作，一定于所咏的景物观察入微，便把那景物做象征，从里头印出情绪。如：

> 竹凉侵卧内，野月满庭隅。重露成涓滴，稀星乍有
> 无。暗飞萤自照，水宿鸟相呼。万事干戈里，空悲清夜徂。
> （《倦夜》）

题目是"倦夜"，景物从初夜写到中夜、后夜，是独自一个人有心事睡不着疲倦无聊中所看出的光景，所写环境，句句和心理反应。又如：

> 风急天高猿啸哀，渚清沙白鸟飞回。无边落木萧萧下，
> 不尽长江滚滚来。……（《登高》）

虽然只是写景，却有一位老病独客秋天登高的人在里头，便不读下文"万里悲秋常作客，百年多病独登台"两句，已经如见其人了。又如：

> 细草微风岸，危樯独夜舟。星垂平野阔，月涌大江
> 流。……（《旅夜书怀》）

从寂寞的环境上领路出很空阔、很自由的趣味。末两句说："飘飘何所似，天地一沙鸥。"把情绪一点便醒。所以工部的写景，多半是把景做表情的工具。像王、孟、韦、柳的写景，固然也离不了情，但不如杜之情的分量多。

八

诗是歌的笑的好呀？还是哭的叫的好？换一句话说，诗的任

务在赞美自然之美呀？抑在呼诉人生之苦？再换一句话说，我们应该为做诗而做诗呀？抑或应该为人生问题中某项目的而做诗？这两种主张，各有极强的理由，我们不能作极端的左右袒，也不愿作极端的左右袒。依我所见，人生目的不是单调的，美也不是单调的。为爱美而爱美，也可以说为的是人生目的。因为爱美本来是人生目的的一部分，诉人生苦痛，写人生黑暗，也不能不说是美。因为美的作用，不外令自己或别人起快感，痛楚的刺激，也是快感之一。例如肤痒的人，用手抓到出血，越抓越畅快。像情感怎么热烈的杜工部，他的作品，自然是刺激性极强，近于哭叫人生目的那一路。主张人生艺术观的人，固然要读他。但还要知道，他的哭声，是三板一眼的哭出来，节节含着真美。主张唯美艺术观的人，也非读他不可。我很惭愧，我的艺术素养浅薄，这篇讲演，不能充分发挥"情圣"作品的价值。但我希望这位情圣的精神，和我们的语言文字同其寿命，尤盼望这种精神有一部分注入现代青年文学家的脑里头。

学问之趣味

［1922年8月6日］

我是个主张趣味主义的人，倘若用化学化分"梁启超"这件东西，把里头所含一种原素名叫"趣味"的抽出来，只怕所剩下仅有个○了。我以为，凡人必常常生活于趣味之中，生活才有价值，若哭丧着脸挨过几十年，那么，生命便成沙漠，要来何用？中国人见面最喜欢用的一句话："近来作何消遣。"这句话我听着便讨厌，话里的意思，好像生活得不耐烦了，几十年日子没有法子过，勉强找些事情来消他遣他。一个人若生活于这种状态之下，我劝他不如早日投海。我觉得天下万事万物都有趣味，我只嫌二十四点钟不能扩充到四十八点，不够我享用，我一年到头不肯歇息，问我忙什么，忙的是我的趣味。我以为这便是人生最合理的生活，我常常想运动别人也学我这样生活。

凡属趣味，我一概都承认他是好的，但怎么样才算"趣味"，不能不下一个注脚。我说："凡一件事做下去不会生出和趣味相反的结果的，这件事便可以为趣味的主体。"赌钱趣味吗？输了怎么样？吃酒趣味吗？病了怎么样？做官趣味吗？没有官做的时候怎么样？……诸如此类，虽然在短时间内像有趣味，结果会闹到俗语说的"没趣一齐来"，所以我们不能承认他是趣味。凡趣味的性质，总要以趣味始，以趣味终，所以能为趣味之主体者，莫如下列的几项：一、劳作，二、游戏，三、艺术，四、学问。诸君听我这段话，切勿误会以为我用道德观念来选择趣味，我不问德不德，只问趣不趣。我并不是因为赌钱不道德才排斥赌钱，因为赌钱的本质会闹到没趣，闹到没趣便破坏了我的趣味主义，所以排斥赌钱。我并不是因为学问是道德才提倡学问，因为学问的本质能够以趣味始以趣味终，最合于我的趣味主义条件，所以提倡学问。

学问的趣味，是怎么一回事呢？这句话我不能回答。凡趣味总要自己领略，自己未曾领略得到时，旁人没有法子告诉你。佛典说的："如人饮水，冷暖自知。"你问我这水怎样的冷，我便把所有形容辞说尽，也形容不出给你听，除非你亲自嗑一口。我这题目——学问之趣味，并不是要说学问如何如何的有趣味，只要如何如何便会尝得着学问的趣味。

诸君要尝学问的趣味吗？据我所经历过的有下列几条路应走：

第一，"无所为"。（"为"读去声。）趣味主义最重要的条件是"无所为而为"，凡有所为而为的事，都是以别一件事为目的，而以这件事为手段，为达目的起见勉强用手段，目的达到时，手段便抛却。例如学生为毕业证书而做学问，著作家为版权而做学问，这种做法，便是以学问为手段，便是有所为。有所为虽然有时也可以为引起趣味的一种方便，但到趣味真发生时，必定要和"所为者"脱离关系。你问我："为什么做学问？"我便答道："不为什么。"再问，我便答道："为学问而学问。"或者答道："为我的趣味。"诸君切勿以为我这些话掉弄虚机，人类合理的生活本来如此。小孩子为什么游戏？为游戏而游戏。人为什么生活？为生活而生活。为游戏而游戏，游戏便有趣；为体操分数而游戏，游戏便无趣。

第二，不息。"鸦片烟怎样会上瘾"，"天天吃"，"上瘾"这两个字，和"天天"这两个字是离不开的，凡人类的本能，只要那部分阁久了不用，他便会麻木会生锈。十年不跑路，两条腿一定会废了。每天跑一点钟，跑上几个月，一天不得跑时，腿便发痒。人类为理性的动物，"学问欲"原是固有本能之一种，只怕你出了学校便和学问告辞，把所有经管学问的器官一齐打落冷宫，把学问的胃弄坏了，便山珍海味摆在面前，也不愿意动筷子。诸君啊！诸君倘若现在从事教育事业或将来想从事教育事业，自然没有问题，很多机会来培养你学问胃口。若是做别的职业呢？我劝你每日除本业正当劳作之外，最少总要腾出一点钟，研究你所嗜好的学问，一点钟那里不消耗了？千万别要错过，闹成"学问胃弱"的证候，白白自己剥夺了一种人类应享之特权啊。

第三，深入的研究。趣味总是慢慢的来，越引越多，像那吃甘蔗，越往下才越得好处。假如你虽然每天定有一点钟做学问，但不过拿来消遣消遣，不带有研究精神，趣味便引不起来。或者今天研究这样明天研究那样，趣味还是引不起来。趣味总是藏在深处，你想得着，便要入去，这个门穿一穿，那个窗户张一张，再不会看见"宗庙之美，百官之富"，如何能有趣味？我方才说："研究你所嗜好的学问"，嗜好两个字很要紧，一个人受过相当的教育之后，无论如何，总有一两门学问和自己脾胃相合，而已经懂得大概可以作加工研究之预备的。请你就选定一门作为终身正业，（指从事学者生活的人说。）或作为本业劳作以外的副业，（指从事其他职业的人说。）不怕范围窄，越窄越便于聚精神；不怕问题难，越难越便于鼓勇气。你只要肯一层一层的往里面追，我保你一定被他引到"欲罢不能"的地步。

第四，找朋友。趣味比方电，越磨擦越出，前两段所说，是靠我本身和学问本身相磨擦，但仍恐怕我本身有时会停摆，发电力便弱了，所以常常要仰赖别人帮助。一个人总要有几位共事的朋友，同时还要有几位共学的朋友。共事的朋友用来扶持我的职业，共学的朋友和共顽的朋友同一性质，都是用来磨擦我的趣味。这类朋友，能够和我同嗜好一种学问的自然最好，我便和他打伙研究。即或不然——他有他的嗜好，我有我的嗜好，只要彼此都有研究精神，我和他常常在一块或常常通信，便不知不觉把彼此趣味都磨擦出来了。得着一两位这种朋友，便算人生大幸福之一，我想只要你肯找，断不会找不出来。

我说的这四件事，虽然像是老生常谈，但恐怕大多数人都不曾会这样做。唉！世上人多么可怜啊，有这种不假外求不会蚀本不会出毛病的趣味世界，竟自没有几个人肯来享受。古书说的故事《野人献曝》，我是尝冬天晒太阳的滋味尝得舒服透了，不忍一人独享，特地恭恭敬敬的来告诉诸君，诸君或者会欣然采纳吧。但我还有一句话，太阳虽好，总要诸君亲自去晒，旁人却替你晒不来。

敬业与乐业

[1922年8月14日]

我这题目，是把《礼记》里头"敬业乐群"和《老子》里头"安其居，乐其业"那两句话断章取义造出来，我所说是否与礼记老子原意相合，不必深求，但我确信"敬业乐业"四个字，是人类生活不二法门。

本题主眼，自然是在敬字，乐字，但必先有业，才有可敬可乐的主体，理至易明，所以在讲演正文以前，先要说说有业之必要。

孔子说："饱食终日，无所用心，难矣哉。"又说："群居终日，言不及义，好行小慧，难矣哉。"孔子是一位教育大家，他心目中没有什么人不可教诲，独独对于这两种人便摇头叹气说道："难！难！"可见人生一切毛病都有药可医，惟有无业游民，虽大圣人碰着他，也没有办法。

唐朝有一位名僧百丈禅师，他常常用两句格言教训弟子，说道："一日不做事，一日不吃饭。"他每日除上堂说法之外，还要自己扫地，擦桌子，洗衣服，直到八十岁日日如此。有一回他的门生想替他服劳，把他本日应做的工悄悄地都做了，这位言行相顾的老禅师，老实不客气，那一天便绝对的不肯吃饭。

我征引儒门、佛门这两段话，不外证明人人都要正当职业，人人都要不断的劳作。倘若有人问我，百行什么为先？万恶什么为首？我便一点不迟疑答道："百行业为先，万恶懒为首。"没有职业的懒人，简直是社会上蛀米虫，简直是"掠夺别人勤劳结果"的盗贼，我们对于这种人，是要彻底讨伐，万不能容赦的。有人说：我并不是不想找职业，无奈找不出来。我说：职业难找，原是现代全世界普通现象，我也承认，这种现象应该如何救济，别是一个问题，今日不必讨论。但以中国现在情形论，找职业的机会，依然比别国多得多，一个精力充满的壮年人，倘若不是安心躲懒，我敢信他一定能得相当职业。今日所讲专为现在有职业及现在正做职业上预备的人——学生——说法，告诉他们对于自己现有的职业应采何种态度。

　　第一要敬业。敬字为古圣贤教人做人最简易直捷的法门，可惜被后来有些人说得太精微，倒变了不适实用了，惟有朱子解得最好，他说："主一无适便是敬。"用现在的话讲，凡做一件事便忠于一件事，将全副精力集中到这事上头，一点不旁骛，便是敬。业有什么可敬呢？为什么该敬呢？人类一面为生活而劳动，一面也是为劳动而生活。人类既不是上帝特地制来充当消化面包的机器，自然该各人因自己的地位和才力，认定一件事去做，凡可以名为一件事的，其性质都是可敬。当大总统是一件事，拉黄包车也是一件事，事的名称，从俗人眼里看来有高下，事的性质，从学理上解剖起来并没有高下，只要当大总统的人信得过我可以当大总统才去当，实实在在把总统当作一件正经事来做，拉黄包车的人信得过我可以拉黄包车才去拉，实实在在把拉车当作一件正经事来做，便是人生合理的生活，这叫做职业的神圣。凡职业没有不是神圣的，所以凡职业没有不是可敬的。惟其如此，所以我们对于各种职业，没有什么分别拣择。总之，人生在世是要天天劳作的，劳作便是功德，不劳作便是罪恶，至于我该做那一种劳作呢？全看我的才能何如，境地何如，因自己的才能境地做一种劳作做到圆满，便是天地间第一等人。

怎样才能把一种劳作做到圆满呢？唯一的秘诀就是忠实，忠实从心理上发出来的便是敬。庄子记痀瘘丈人承蜩的故事，说道："虽天地之大，万物之多，而惟吾蜩翼之知。"凡做一件事，便把这件事看作我的生命，无论别的什么好处，到底不肯牺牲我现做的事来和他交换。我信得过我当木匠的做成一张好桌子，和你们当政治家的建设成一个共和国家同一价值；我信得过我当挑粪的把马桶收拾得干净，和你们当军人的打胜一枝压境的敌军同一价值。大家同是替社会做事一，你不必羡慕我，我不必羡慕你，怕的是我这件事做得不妥当，便对不起这一天里头所吃的饭，所以我做事的时候，丝毫不肯分心到事外。曾文正说："坐这山，望那山，一事无成。"我从前看见一位法国学者著的书，比较英法两国国民性，他说："到英国人公事房里头，只看见他们埋头执笔做他的事；到法国人公事房里头，只看见他们衔着烟卷像在那里出神。英国人走路，眼注地上，像用全副精神注在走路上；法国人走路，总是东张西望，像不把走路当一回事。"这些话比较得是否确切，姑且不论，但很可以为敬业两个字下注脚，若果如他们所说，英国人便是敬，法国人便是不敬。一个人对于自己的职业不敬，从学理方面说，便亵渎职业之神圣。从事实方面说，一定把实情做糟了，结果自己害自己。所以敬业主义，于人生最为必要，又于人生最为有利。庄子说："用志不纷，乃凝于神。"孔子说："素其位而行，不愿乎其外。"我说的敬业，不外这些道理。

第二要乐业。"做工好苦呀！"这种叹气的声音，无论何人都会常在口边流露出来。但我要问他："做工苦，难道不做工就不苦吗？"今日大热天气，我在这里喊破喉咙来讲，诸君扯直耳朵来听，有些人看着我们好苦。翻过来，倘若我们去赌钱去吃酒，还不是一样的淘神费力，难道又不苦？须知苦乐全在主观的心，不在客观的事。人生从出胎的那一秒钟起到咽气的那一秒钟止，除了睡觉以外，总不能把四肢五官都阁起不用，只要一用，不是淘神，便是费力，劳苦总是免不掉的，会打算盘的人只有从劳苦中找出快乐来。我想天下第一等苦人，莫过于无业游民，终日闲游浪荡，不知把自己的身子和心子摆在那里才好，他们的日子真难过。第二等苦人，便是厌恶自己本业的人，这件事分明不能不做，却满肚子里不愿意做，不愿意做逃得了吗？到底不能，结果还是皱着眉头哭丧着脸做去，这不是专门自己替自己开顽笑吗？我老实告诉你一句话，凡职业都是有趣味的，只要你肯继续做下去，趣味自然会发生。为什么呢？第一，因为凡一件职业，总有许多层累曲折，倘能身入其中，看他变化进展的状态，最为亲切有味。第二，因为每一职业之成就，离不了奋斗，一步一步的奋斗前去，从刻苦中得快乐，快乐的分量加增。第三，职业的性质常常要和同业的人比较骈进，好像赛球一般，因竞胜而得快乐。第四，专心做一职业时，把许多游思妄想杜绝了，省却无限闲烦恼。孔子说："知之者不如好之者，好之者不如乐之者。"
人生能从自己职业中领略出趣味，生活才有价值。孔子自述生
平，说道："其为人也，发愤忘食，乐以忘忧，不知老之将至云
尔。"这种生活，真算得人类理想的生活了。

　　我生平最受用的有两句话：一是"责任心"。二是"趣
味"。我自己常常力求这两句话之实现与调和，又常常把这两句
话向我的朋友强聒不舍。今天所讲，敬业即是责任心，乐业即是
趣味，我深信人类合理的生活总该如此，我盼望诸君和我同一受
用。

科学精神与东西文化

[1922年8月20日]

一

今日我感觉莫大的光荣，得有机会在一个关系中国前途最大的学问团体——科学社的年会来讲演。但我又非常惭愧而且惶恐，像我这样对于科学完全门外汉的人，怎样配在此讲演呢？这个讲题——"科学精神与东西文化"是本社董事部指定要我讲的。我记得科举时代的笑话，有些不通秀才去应考，罚他先饮三斗墨汁，预备倒吊着滴些墨点出来。我今天这本考卷，只算倒吊着滴墨汁，明知一定见笑大方，但是句句话都是表示我们门外汉对于门内的"宗庙之美，百官之富"如何欣羡如何崇敬如何爱恋的一片诚意，我希望国内不懂科学的人或是素来看轻科学讨厌科学的人听我这番话得多少觉悟，那么，便算我个人对于本社一点贡献了。

近百年来科学的收获如此其丰富，我们不是鸟，也可以腾空；不是鱼，也可以入水；不是神仙，也可以和几百千里外的人答话……诸如此类，那一件不是受科学之赐，任凭怎么顽固的

126

人，谅来"科学无用"这句话，再不会出诸口了。然而中国为什么直到今日还得不着科学的好处，直到今日依然成为"非科学的国民"呢？我想，中国人对于科学的态度，有根本不对的两点：

其一，把科学看得太低了，太粗了。我们几千年来的信条，都说的"形而上者谓之道，形而下者谓之器"、"德成而上，艺成而下"这一类话，多数人以为科学无论如何高深，总不过属于艺和器那部分。这部分原是学问的粗迹，懂得不算稀奇，不懂得不算耻辱。又以为我们科学虽不如人，却还有比科学更宝贵的学问——什么超凡入圣的大本领，什么治国平天下的大经纶，件件都足以自豪。对于这些粗浅的科学，顶多拿来当一种补助学问就够了，因为这种故见横亘在胸中，所以从郭筠仙、张香涛这班提倡新学的先辈起，都有两句自鸣得意的话，说什么"中学为体，西学为用"。这两句话现在虽然没有从前那么时髦了，但因为话里的精神和中国人脾胃最相投合，所以话的效力，直到今日，依然为变相的存在。老先生们不用说了，就算这几年所谓新思潮所谓新文化运动，不是大家都认为蓬蓬勃勃有生气吗？试检查一检查他的内容，大抵最流行的莫过于讲政治上、经济上这样主义那样主义，我替他起个名字叫做西装的治国平天下大经纶。次流行的莫过于讲哲学上、文学上这种精神那种精神，我也替他起个名字叫做西装的超凡入圣大本领。至于那些脚踏实地平淡无奇的科学，试问有几个人肯去讲求？——学校中能够有几处像样子的科学讲座？有了，几个人肯去听？出版界能够有几部有价值的科学书几篇有价值的科学论文？有了，几个人肯去读？我固然不敢说现在青年绝对的没有科学兴味，然而兴味总不如别方面浓。

须知，这是积多少年社会心理遗传下来，对于科学认为"艺成而下"的观念牢不可破，直到今日，还是最爱说空话的人最受社会欢迎。做科学的既已不能如别种学问之可以速成，而又不为社会所尊重，谁肯埋头去学他呢？

其二，把科学看得太呆了，太窄了。那些绝对的鄙厌科学的人且不必责备，就是相对的尊重科学的人，还是十个有九个不了解科学性质，他们只知道科学研究所产结果的价值，而不知道科学本身的价值。他们只有数学、几何学、物理学、化学等等概念，而没有科学的概念。他们以为学化学便懂化学，学几何便懂几何，殊不知并非化学能教人懂化学，几何能教人懂几何，实在是科学能教人懂化学和几何。他们以为只有化学、数学、物理、几何等等才算科学，以为只有学化学、数学、物理、几何等等才用得着科学，殊不知所有政治学、经济学、社会学等等只要够得上一门学问的，没有不是科学。我们若不拿科学精神去研究，便做那一门子学问也做不成。中国人因为始终没有懂得"科学"这个字的意义，所以五十年前很有人奖励学制船、学制炮，却没有人奖励科学。近十几年学校里都教的数学、几何、化学、物理，但总不见教会人做科学，或者说，只有理科、工科的人们才要科学。我不打算当工程师，不打算当理化教习，何必要科学。中国人对于科学的看法大率如此。

我大胆说一句话，中国人对于科学这两种态度倘若长此不变，中国人在世界上便永远没有学问的独立，中国人不久必要成为现代被淘汰的国民。

二

科学精神是什么？我姑从最广义解释："有系统之真智识，叫做科学。可以教人求得有系统之真智识的方法，叫做科学精神。"这句话要分三层说明：

第一层，求真智识。智识是一般人都有的，乃至连动物都有，科学所要给我们的，就争一个真字。一般人对于自己所认识的事物，很容易便信以为真，但只要用科学精神研究下来，越研究便越觉求真之难。譬如说："孔子是人"，这句话不消研究，总可以说是真，因为人和非人的分别是很容易看见的。譬如说："老虎是恶兽"，这句话真不真便待考了。欲证明他是真，必要研究兽类具备某种某种性质才算恶，看老虎果曾具备了没有。若说老虎杀人算是恶，为什么人杀老虎不算恶？若说杀同类算是恶，只听见有人杀人，从没听见老虎杀老虎。然则人容或可以叫做恶兽，老虎却绝对不能叫做恶兽了。譬如说："性是善"，或说："性是不善"，这两句话真不真，越发待考了。到底什么叫做"性"，什么叫做"善"，两方面都先要弄明白。倘如孟子说的性咧，情咧，才咧，宋儒说的义理咧，气质咧，闹成一团糟，那便没有标准可以求真了。譬如说："中国现在是共和政治"，这句话便很待考。欲知他真不真，先要把共和政治的内容弄清楚，看中国和他合不合。譬如说："法国是共和政治"，这句话也待考。欲知他真不真，先要问"法国"这个字所包范围如何？若安南也算法国，这句话当然不真了。看这几个例，便可以知道，我们想对于一件事物的性质得有真知灼见，很是不容易，要钻在这件事物里头去研究，要绕着这件事物周围去研究，要跳在这件事物高头去研究，种种分析研究结果，才把这件事物的属性大略研究出来，算是从许多相类似容易混淆的个体中，发现每个个体的特征。换一个方向，把许多同有这种特征的事物，归成一类，许多类归成一部，许多部归成一组，如是综合，研究的结果，算是从许多各自分离的个体中发现出他们相互间的普遍性，经过这种种工夫，才许你开口说："某件事物的性质是怎么样"，这便是科学第一件主要精神。

　　第二层，求有系统的真智识。智识不但是求知道一件一件事物便了，还要知道这件事物和那件事物的关系，否则零头断片的智识全没有用处。知道事物和事物相互关系，而因此推彼，得从所已知求出所未知，叫做有系统的智识。系统有二：一竖，二横。横的系统，即指事物的普遍性——如前段所说；竖的系统，指事物的因果律——有这件事物，自然会有那件事物。必须有这件事物，才能有那件事物。倘若这件事物有如何如何的变化，那件事物便会有或才能有如何如何的变化，这叫做因果律。明白因果，是增加新智识的不二法门，因为我们靠他才能因所已知推见所未知。明白因果，是由智识进到行为的向道，因为我们预料结果如何，可以选择一个目的做去。虽然，因果是不轻容易谭的。第一，要找得出证据；第二，要说得出理由。因果律虽然不能说都要含有"必然性"，但总是愈逼近"必然性"愈好，最少也要含有很强的"盖然性"。倘若仅属于"偶然性"的，便不算因果律。譬如说："晚上落下去的太阳，明早上一定再会出来。"说："倘若把水煮过了沸度，他一定会变成蒸汽。"这等算是含有必然性。因为我们积千千万万回的经验，却没有一回例外，而且为什么如此，可以很明白说出理由来。譬如说："冬间落去的树叶，明年春天还会长出来。"这句话便待考。因为再长出来的并不是这块叶，而且这树也许碰着别的变故再也长不出叶来。譬如说："西边有虹霓，东边一定有雨。"这句话越发待考。因为虹霓不是雨的原因，他是和雨同一个原因，或者还是雨的结果。翻过来说："东边有雨，西边一定有虹霓。"这句话也待考。因为雨虽然可以为虹霓的原因，却还须有别的原因凑拢在一处，虹霓才会出来。譬如说："不孝的人要着雷打。"这句话便大大待考。因为虽然我们也会听见某个不孝人着雷，但不过是偶然的一回，许多不孝的人不见得都着雷，许多着雷的东西不见得都不孝，而且宇宙间有个雷公会专打不孝人，这些理由完全说不出来。譬如说："人死会变鬼。"这句话越发大大待考。因为从来得不着绝对的证据，而且绝对的说不出理由。譬如说："治极必乱，乱极必治。"这句话便很要待考。因为我们从中国历史上虽然举出许多前例，但说治极是乱的原因，乱极是治的原因，无论如何，总说不下去。譬如说："中国行了联省自治制后，一定会太平。"这话也待考。因为联省自治虽然有致太平的可能性，无奈我们未曾试过。看这些例，便可知我们想应用因果律求得有系统的智识，实在不容易，总要积无数的经验——或照原样子继续忠实观察，或用人为的加减改变试验，务找出真凭实据，才能确定此事物与彼事物之关系，这还是第一步。再进一步，凡一事物之成毁，断不止一个原因，知道甲和乙的关系还不够，又要知道甲和丙丁戊等等关系。原因之中又有原因，想真知道乙和甲的关系，便须先知道乙和庚、庚和辛、辛和壬等等关系，不经过这些工夫，贸贸然下一个断案说某事物和某事物有何等关系，便是武断，便是非科学的。科学家以许多有证据的事实为基础，逐层逐层看出他们的因果关系，发明种种含有必然性或含有极强盖然性的原则，好像拿许多结实麻绳组织成一张网，这网愈织愈大，渐渐的函盖到这一组知识的全部，便成了一门科学，这是科学第二件主要精神。

第三层，可以教人的智识。凡学问有一个要件，要能"传与其人"。人类文化所以能成立，全由于一人的智识能传给多数人，一代的智识能传给次代。我费了很大的工夫得一种新知识，把他传给别人，别人费比较小的工夫承受我的智识之全部或一部，同时腾出别的工夫又去发明新智识，如此教学相长递相传授，文化内容，自然一日一日的扩大。倘若智识不可以教人，无论这项智识怎样的精深博大，也等于"人亡政息"。于社会文化绝无影响。中国凡百学问，都带一种"可以意会不可以言传"的神秘性，最足为智识扩大之障碍。例如医学，我不敢说中国几千年没有发明，而且我还信得过确有名医，但总没有法传给别人。所以今日的医学，和扁鹊、仓公时代一样，或者还不如。又如修习禅观的人，所得境界，或者真是圆满庄严，但只好他一个人独享，对于全社会文化竟不发生丝毫关系。中国所有学问的性质，大抵都是如此。这也难怪，中国学问，本来是由几位天才绝特的人"妙手偶得"——本来不是按步就班的循着一条路去得着，何从把一条应循之路指给别人。科学家恰恰相反，他们一点点智识，都是由艰苦经验得来；他们说一句话，总要举出证据，自然要将证据之如何搜集如何审定一概告诉人。他们主张一件事总要说明理由，理由非能够还原不可，自然要把自己思想经过的路线，顺次详叙，所以别人读他一部书或听他一回讲义，不惟能够承受他研究所得之结果，而且一并承受他如何能研究得此结果之方法，而且可以用他的方法来批评他的错误。方法普及于社会，人人都可以研究，自然人人都会有发明，这是科学第三件主要精神。

三

中国学术界，因为缺乏这三种精神，所以生出如下之病证：

一、笼统　标题笼统——有时令人看不出他研究的对象为何物。用语笼统——往往一句话容得几方面解释。思想笼统——最爱说大而无当不着边际的道理，自己主张的是什么？和别人不同之处在那里？连自己也说不出。

二、武断　立说的人，既不必负找寻证据说明理由的责任，判断下得容易，自然流于轻率。许多名家著述，不独违反真理而且违反常识的，往往而有，既已没有讨论学问的公认标准，虽然判断谬误，也没有人能驳他，谬误便日日侵蚀社会人心。

三、虚伪　武断还是无心的过失，既已容许武断，便也容许虚伪。虚伪有二：一，语句上之虚伪，如隐匿真证、杜撰假证或曲说理由等等。二，思想内容之虚伪，本无心得，貌为深秘，欺骗世人。

四、因袭　把批评精神完全消失，而且没有批评能力，所以一味盲从古人，剽窃些绪余过活。所以思想界不能有弹力性随着时代所需求而开拓，倒反留着许多沉淀废质在里头为营养之障碍。

五、散失　间有一两位思想伟大的人，对于某种学术有新发明，但是没有传授与人的方法。这种发明，便随着本人的生命而中断，所以他的学问，不能成为社会上遗产。

以上五件，虽然不敢说是我们思想界固有的病证，这病最少也自秦汉以来受了二千年，我们若甘心抛弃文化国民的头衔，那更何话可说，若还舍不得吗？试想，二千年思想界内容贫乏到如此，求学问的途径榛塞到如此，长此下去，何以图存？想救这病，除了提倡科学精神外没有第二剂良药了。

我最后还要补几句话，我虽然照董事部指定的这个题目讲演，其实科学精神之有无，只能用来横断新旧文化，不能用来纵断东西文化。若说欧美人是天生成科学的国民，中国人是天生成非科学的国民，我们可绝对的不能承认。拿我们战国时代和欧洲希腊时代比较，彼此都不能说是有现代这种崭新的科学精神，彼此却也没有反科学的精神。秦汉以后，反科学精神弥漫中国者二千年，罗马帝国以后反科学精神弥漫于欧洲者也一千多年，两方比较，我们隋唐佛学时代，还有点"准科学的"精神不时发现，只有比他们强，没有比他们弱。我所举五种病证，当他们教会垄断学问时代，件件都有，直到文艺复兴以后，渐渐把思想界的健康恢复转来，所谓科学者，才种下根苗。讲到枝叶扶疏，华实烂漫，不过最近一百年内的事。一百年的先进后进，在历史上值得计较吗？只要我们不讳疾忌医，努力服这剂良药，只怕将来生天成佛未知谁先谁后哩！我祝祷科学社能做到被国民信任的一位医生，我祝祷中国文化添入这有力的新成分再放异彩。

屈原研究

[1922年11月3日]

一

中国文学家的老祖宗，必推屈原。从前并不是没有文学，但没有文学的专家，如三百篇及其他古籍所传诗歌之类，好的固不少，但大半不得作者主名，而且篇幅也很短，我们读这类作品，顶多不过可以看出时代背景或时代思潮的一部分。欲求表现个性的作品，头一位就要研究屈原。

屈原的历史，在《史记》里头有一篇很长的列传，算是我们研究史料的人可欣慰的事，可惜议论太多，事实仍少。我们最抱歉的，是不能知道屈原生卒年岁和他所享年寿，据传文大略推算他该是西纪前三三八至二八八年间的人，年寿最短亦应在五十上下，和孟子、庄子、赵武灵王、张仪等人同时。他是楚国贵族，贵族中最盛者昭屈景三家，他便是三家中之一。他曾做过"三闾大夫"。据王逸说："三闾之职，掌王族三姓，曰昭屈景，屈原序其谱属率其贤良以厉国士。"然则他是当时贵族总管了。他曾经得楚怀王的信用，官至"左徒"。据本传说："入则与王图议国事以出号令，出则接遇宾客，应对诸侯，王甚任之。"可见他在政治上曾占很重要的位置。其后被上官大夫所谗，怀王疏了他。怀王在位三十年，（西纪前三二八至二九七。）屈原做左徒，不知是那年的事，但最迟亦在怀王十六年（前三一二。）以前，因为那年怀王受了秦相张仪所骗，已经是屈原见疏之后了。假定屈原做左徒在怀王十年前后，那时他的年纪最少亦应二十岁以上，所以他的生年，不能晚于西纪前三三八年。屈原在位的时候，楚国正极强盛，屈原的政策，大概是主张联合六国共摈强秦保持均势，所以虽见疏之后，还做过齐国公使。可惜怀王太没有主意，时而摈秦，时而联秦，任凭纵横家摆弄，卒至"兵挫地削，亡其六郡，身客死于秦，为天下笑"。（本传文。）怀王死了不到六十年，楚国便亡了。屈原当怀王十六年以后，政治生涯，像已经完全断绝，其后十四年间，大概仍居住郢都（武昌。）一带。因为怀王三十年将入秦之时，屈原还力谏，可见他和怀王的关系，仍是藕断丝连了。怀王死后，顷襄王立，（前二九八。）屈原的反对党，越发得志，便把他放逐到湖南地方去，后来竟闹到投水自杀。

屈原什么时候死呢？据《卜居》篇说："屈原既放，三年不得复见。"《哀郢》篇说："忽若不信兮，至今九年而不复。"假定认这两篇为顷襄王时作品，则屈原最少当西纪前二八八年仍然生存，他脱离政治生活专做文学生活，大概有二十来年的日月。

屈原所走过的地方有多少呢？他著作中所见的地名如下：

令沅湘兮无波，使江水兮安流

遭吾道兮洞庭

望涔阳兮极浦

遗余佩兮澧浦

（右《湘君》）

洞庭波兮木叶下

沅有茝兮澧有兰

遗余褋兮澧浦

（右《湘夫人》）

哀南夷之莫吾知兮，旦余济乎江湘

乘鄂渚而反顾兮

邸余车兮方林

乘舲船余上沅兮

朝发枉陼兮，夕宿辰阳

入溆浦余僎徊兮，迷不知吾之所如

深林杳以冥冥兮，乃猿狖之所居

……山峻高以蔽日兮，下幽晦以多雨

霰雪纷其无垠兮，云霏霏而承雨

（右《涉江》）

发郢都而去闾兮

过夏首而西浮兮，顾龙门而不见

背夏浦而西思兮

惟郢路之辽远兮，江与夏之不可涉

（右《哀郢》）

137

长濑湍流，溯江潭兮

狂顾南行，聊以娱心兮

低佪夷犹，宿北姑兮

（右《抽思》）

浩浩沅湘，纷流汨兮

（右《怀沙》）

遵江夏以娱忧

（右《思美人》）

指炎神而直驰兮，吾将往乎南疑

（右《远游》）

路贯庐江兮，左长薄

（右《招魂》）

内中说郢都，说江夏，是他原住的地方。洞庭湘水，自然是放逐后常来往的，都不必多考据。最当注意者，《招魂》说的："路贯庐江兮左长薄"，像江西庐山一带，也曾到过，但《招魂》完全是浪漫的文学，不敢便认为事实。《涉江》一篇，含有纪行的意味，内中说："乘舲船余上沅"，说："朝发枉陼夕宿辰阳"，可见他曾一直溯着沅水上游，到过辰州等处，他说的"峻高蔽日"、"霰雪无垠"的山，大概是衡岳最高处了。他的作品中，像"幽独处乎山中"、"山中人兮芳杜若"这一类话很多，我想他独自一人在衡山上过活了好些日子，他的文学，谅来就在这个时代大成的。

最奇怪的一件事，屈原家庭状况如何？在本传和他的作品中，连影子也看不出。《离骚》有"女媭之婵媛兮，申申其詈余"两语，王逸注说："女媭，屈原姊也"，这话是否对，仍不敢说，就算是真，我们也仅能知道他有一位姐姊，其余兄、弟、妻、子之有无，一概不知。就作品上看来，最少他放逐到湖南以后过的都是独身生活。

二

我们把屈原的身世大略明白了，第二步要研究那时候为什么会发生这种伟大的文学？为什么不发生于别国而独发生于楚国？何以屈原能占这首创的地位？第一个问题，可以比较的简单解答，因为当时文化正涨到最高潮，哲学勃兴，文学也该为平行线的发展，内中如《庄子》、《孟子》及《战国策》中所载各人言论，都很含着文学趣味，所以优美的文学出现，在时势为可能的。第二、第三两个问题，关系较为复杂，依我的观察，我们这华夏民族，每经一次同化作用之后，文学界必放异彩。楚国当春秋初年，纯是一种蛮夷，春秋中叶以后，才渐渐的同化为"诸夏"。屈原生在同化完成后约二百五十年，那时候的楚国人，可以说是中华民族里头刚刚长成的新分子，好像社会中才成年的新青年。从前楚国人本来是最信巫鬼的民族，得含些神秘意识和虚无理想，像小孩子喜欢幻构的童话，到了与中原旧民族之现实的伦理的文化相接触，自然会发生出新东西来，这种新东西之体现者，便是文学。楚国在当时文化史上之地位既已如此，至于屈原呢？他是一位贵族，对于当时新输入之中原文化，自然是充分领会，他又曾经出使齐国。那时正当"稷下先生"数万人日日高谈宇宙原理的时候，他受的影响，当然不少，他又是有怪脾气的人，常常和社会反抗。后来放逐到南荒，在那种变化诡异的山水里头，过他的幽独生活，特别的自然界和特别的精神作用相击发，自然会产生特别的文学了。

屈原有多少作品呢？《汉书·艺文志·诗赋略》云："屈原赋二十五篇。"据王逸《楚辞章句》所列，则《离骚》一篇，《九歌》十一篇，《天问》一篇，《九章》九篇，《远游》一篇，《卜居》一篇，《渔父》一篇。尚有《大招》一篇，注云："屈原或言景差。"然细读《大招》，明是摹仿《招魂》之作，其非出屈原手，像不必多辩。但别有一问题颇费研究者，《史记·屈原列传》赞云："余读《离骚》、《天问》、《招魂》、《哀郢》，悲其志"，是太史公明明认《招魂》为屈原作，然而王逸说是宋玉作，逸，后汉人，有何凭据？竟敢改易前说，大概他以为添上这一篇，便成二十六篇，与《艺文志》数目不符。他又想这一篇标题，像是屈原死后别人招他的魂，所以硬把他送给宋玉。依我看，《招魂》的理想及文体，和宋玉其他作品很有不同处，应该从太史公之说，归还屈原。然则《艺文志》数目不对吗？又不然，《九歌》末一篇《礼魂》，只有五句，实不成篇，《九歌》本侑神之曲，十篇各侑一神，礼魂五句，当是每篇末后所公用，后人传钞贪省，便不逐篇写录，总摆在后头作结，王逸闹不清楚，把他也算成一篇，便不得不把《招魂》挤出了。我所想像若不错，则屈原赋之篇目应如下：

《离骚》一篇

《天问》一篇

《九歌》十篇　《东皇太一》　《云中君》　《湘君》
《湘夫人》　《大司命》　《少司命》　《东君》　《河
伯》　《山鬼》　《国殇》

《九章》九篇　　《惜诵》　《涉江》　《哀郢》
《抽思》　《思美人》　《惜往日》　《橘颂》　《悲回
风》　《怀沙》

《远游》一篇

《招魂》一篇

《卜居》一篇

《渔父》一篇

今将这二十五篇的性质，大略说明：

（一）《离骚》　据本传，这篇为屈原见疏以后使齐以前所
作，当是他最初的作品。起首从家世叙起，好像一篇自传篇，中
把他的思想和品格，大概都传出，可算得全部作品的缩影。

（二）《天问》　王逸说："屈原……见楚先王之庙及公卿
祠堂图画天地山川神灵琦玮僪佹，及古贤圣怪物行事……因书其
壁，呵而问之。"我想这篇或是未放逐以前所作。因为"先王
庙"不应在偏远之地，这篇体裁，纯是对于相传的神话发种种疑
问。前半篇关于宇宙开辟的神话所起疑问，后半篇关于历史神话
所起疑问。对于万有的现象和理法怀疑烦闷，是屈原文学思想出
发点。

（三）《九歌》　王逸说："沅、湘之间，其俗信鬼而好

祀，其祠必作乐鼓舞以乐诸神。屈原放逐，窜伏其域。……见其词鄙陋，因为作九歌之曲，上陈事神之敬，下以见己之冤。"这话大概不错。"九歌"是乐章旧名，不是九篇歌，所以屈原所作有十篇，这十篇含有多方面的趣味，是集中最"浪漫式"的作品。

（四）《九章》 这九篇并非一时所作。大约《惜诵》、《思美人》两篇，似是放逐以前作，《哀郢》是初放逐时作，《涉江》是南迁极远时作，《怀沙》是临终作，其余各篇，不可深考。这九篇把作者思想的内容分别表现，是《离骚》的放大。

（五）《远游》 王逸说："屈原履方直之行，不容于世。……章皇山泽，无所告诉，乃深惟元一。修执恬漠，思欲济世，则意中愤然。文采秀发，遂叙妙思，托配仙人，与俱游戏，周历天地，无所不到，然犹怀念楚国，思慕旧故。"我说，《远游》一篇，是屈原宇宙观人生观的全部表现，是当时南方哲学思想之现于文学者。

（六）《招魂》 这篇的考证，前文已经说过，这篇和《远游》的思想，表面上像恰恰相反，其实仍是一贯。这篇讲上下四方，没有一处是安乐土，那么，回头还求现世物质的快乐怎么样呢？好吗？他的思想，正和葛得的浮士特（Goethe Faust）剧上本一样，《远游》便是那剧的下本，总之这篇是写怀疑的思想历程最恼闷最苦痛处。

（七）《卜居》及《渔父》 《卜居》是说两种矛盾的人生观，《渔父》是表自己意志的抉择，意味甚为明显。

三

研究屈原，应该拿他的自杀做出发点，屈原为什么自杀呢？我说，他是一位有洁癖的人为情而死，他是极诚专虑的爱恋一个人，定要和他结婚，但他却悬着一种理想的条件，必要在这条件之下，才肯委身相事。然而他的恋人老不理会他，不理会他，他便放手，不完结吗？不不！他决然不肯，他对于他的恋人，又爱又憎，越憎越爱，两种矛盾性日日交战，结果拿自己生命去殉那"单相思"的爱情。他的恋人是谁？是那时候的社会。

屈原脑中，含有两种矛盾原素：一种是极高寒的理想，一种是极热烈的感情，《九歌》中《山鬼》一篇，是他用象征笔法描写自己人格，其文如下：

> 若有人兮山之阿，被薜荔兮带女萝。
>
> 既含睇兮又宜笑，子慕予兮善窈窕。
>
> 乘赤豹兮从文狸，辛夷车兮结桂旗。被石兰兮带杜衡，折芳馨兮遗所思。
>
> 余处幽篁兮终不见天，路险艰兮独后来。
>
> 表独立兮山之上，云容容兮而在下，杳冥冥兮羌昼晦，东风飘兮神灵雨。
>
> 留灵修兮憺忘归，岁既晏兮孰华予。
>
> 采三秀兮于山间，石磊磊兮葛蔓蔓。怨公子兮怅忘归，君思我兮不得间。
>
> 山中人兮芳杜若，饮石泉兮荫松柏，君思我兮然疑作。
>
> 雷填填兮雨冥冥，猿啾啾兮狖夜鸣。风飒飒兮木萧萧，

思公子兮徒离忧。

我常说，若有美术家要画屈原，把这篇所写那山鬼的精神抽显出来，便成绝作。他独立山上，云雾在脚底下，用石兰杜若种种芳草庄严自己，真所谓"一生儿爱好是天然"，一点尘都染污他不得，然而他的"心中风雨"没有一时停息，常常向下界"所思"的人寄他万斛情爱，那人爱他与否？他都不管。他总说："君是思我"，不过"不得间"罢了，不过"然疑作"罢了，所以他十二时中的意绪，完全在"雷填填、雨冥冥、风飒飒、木萧萧"里头过去。

他在哲学上有很高超的见解，但他决不肯耽乐幻想，把现实的人生丢弃。他说：

> 惟天地之无穷兮，哀人生之长勤。往者余弗及兮，来者
> 吾不闻。（《远游》。）

他一面很达观天地的无穷，一面很悲悯人生的长勤，这两种念头，常常在脑里轮转，他自己理想的境界，尽够受用。他说：

> 道可受兮不可传，其小无内兮其大无垠。无滑而魂兮，
> 彼将自然。壹气孔神兮，于中夜存。虚以待之兮，无为之
> 先。庶类以成兮，此德之门。（《远游》。）

这种见解，是道家很精微的所在，他所领略的，不让前辈的老聃和并时的庄周。他曾写那境界道：

> 经营四荒兮，周流六漠。上至列缺兮，降望大壑。下峥
> 嵘而无地兮，上廖廓而无天。视倏忽而无见兮，听惝恍而无

闻。超无为以至清兮，与泰初而为邻。（《远游》。）

然则他常住这境界翛然自得，岂不好吗？然而不能，他说：

> 余固知謇謇之为患兮，忍而不能，舍也。（《离骚》。）

他对于现实社会，不是看不开，但是舍不得。他的感情极锐敏，别人感不着的苦痛，到他脑筋里，便同电击一般。他说：

> 微霜降而下沦兮，悼芳草之先零。……谁可与玩斯遗芳兮，晨向风而舒情。……（《远游》。）

又说：

> 惜吾不及见古人兮，吾谁与玩此芳草。（《思美人》。）

一朵好花落去，"干卿甚事？"但在那多情多血的人，心里便不知几多难受。屈原看不过人类社会的痛苦，所以他说：

> 长太息以掩涕兮，哀民生之多艰。（《离骚》。）

社会为什么如此痛苦呢？他以为由于人类道德堕落，所以说：

> 时缤纷其变易兮，又何可以淹留。兰芷变而不芳兮，荃蕙化而为茅。何昔日之芳草兮，今直为此萧艾也。岂其有他故兮，莫好修之害也。……固时俗之从流兮，又孰能无变化。览椒兰其若此兮，又况揭车与江蓠。（《离骚》。）

所以他在青年时代便下决心和恶社会奋斗，常怕悠悠忽忽把时光耽误了。他说：

> 汩余若将不及兮，恐年岁之不吾与。朝搴毗之木兰兮，
> 夕揽洲之宿莽。日月忽其不淹兮，春与秋其代序。惟草木之
> 零落兮，恐美人之迟暮。不抚壮而弃秽兮，何不改乎此度
> 也。（《离骚》。）

要和恶社会奋斗，头一件是要自拔于恶社会之外。屈原从小
便矫然自异，就从他外面服饰上也可以见出。他说：

> 余幼好此奇服兮，年既老而不衰。带长铗之陆离兮，冠
> 切云之崔巍。被明月兮佩宝璐，世溷浊而莫余知兮，吾方高
> 驰而不顾。（《涉江》。）

又说：

> 高余冠之岌岌兮，长余佩之陆离。芳与泽其杂糅兮，惟
> 昭质其犹未亏。（《离骚》。）

庄子说："尹文作为华山之冠以自表。"当时思想家作些奇
异的服饰以表异于流俗，想是常有的，屈原从小便是这种气概，
他既决心反抗社会，便拿性命和他相搏。他说：

> 民生各有所乐兮，余独好修以为常。虽体解吾犹未变
> 兮，岂余心之可惩。（《离骚》。）

又说：

> 既替余以蕙纕兮，又申之以揽茝。亦余心之所善兮，虽

> 九死其犹未悔。（《离骚》。）

又说：

> 与前世而皆然兮，吾又何怨乎今之人。吾将董道而不豫
> 兮，固将重昏而终身。（《涉江》。）

他从发心之日起，便有绝大觉悟，知道这件事不是容易，他赌咒和恶社会奋斗到底，他果然能实践其言，始终未尝丝毫让步。但恶社会势力太大，他到了"最后一粒子弹"的时候，只好洁身自杀。我记得在罗马美术馆中曾看见一尊额尔达治武士石雕遗像，据说这人是额尔达治国几百万人中最后死的一个人，眼眶承泪，颊唇微笑，右手一剑自刺左胁，屈原沉汨罗，就是这种心事了。

四

> 余既滋兰之九畹兮，又树蕙之百亩。畦留夷以揭车兮，
> 杂杜蘅与芳芷。冀枝叶之峻茂兮，愿俟时乎吾将刈。虽萎绝
> 其亦何伤兮，哀众芳之芜秽。（《离骚》。）

这是屈原追叙少年怀抱，他原定计画是要多培植些同志出来，协力改革社会，到后来失败了。一个人失败有什么要紧，最可哀的是从前满心希望的人，看着堕落下去，所谓"众芳芜秽"，就是"昔日芳草今为萧艾"，这是屈原最痛心的事。

他想改革社会，最初从政治入手，因为他本是贵族，与国家同休戚，又曾得怀王的信任，自然是可以有为，他所以"奔走先

后"与闻国事，无非欲他的君王能够"及前王之踵武"，（《离骚》。）无奈怀王太不是材料。

> 初既与余成言兮，后悔遁而有他。余既不难夫离别兮，伤灵修之数化。（《离骚》。）

> 昔君与我诚言兮，曰黄昏以为期。羌中道而回畔兮，反既有此他志。（《抽思》。）

他和怀王的关系，就像相爱的人已经定了婚约，忽然变卦。所以他说：

> 心不同兮媒劳，恩不甚兮轻绝。……交不忠兮怨长，期不信兮告余以不闲。（《湘君》。）

他对于这一番经历，很是痛心，作品中常常感慨，内中最缠绵沉痛的一段是：

> 吾谊先君而后身兮，羌众人之所仇。专惟君而无他兮，又众兆之所仇。壹心而不豫兮，羌不可保也。疾亲君而无他兮，有招祸之道也。思君其莫我忠兮，忽忘身之贱贫。事君而不贰兮，迷不知宠之门。忠何罪以遇罚兮，亦非余心之所志。行不群以颠越兮，又众兆之所咍。……（《惜诵》。）

他年少时志盛气锐，以为天下事可以凭我的心力立刻做成，不料才出头便遭大打击。他曾写自己心理的经过，说道：

> 昔余梦登天兮，魂中道而无杭。吾使厉神占之兮，曰有志极而无旁。……

> 吾闻作忠以造怨兮，忽谓之过言。九折臂而成医兮，吾至今而知其信然。（《惜诵》。）

他受了这一回教训，烦闷之极。但他的热血，常常保持沸度，再不肯冷下去，于是他发出极沉挚的悲音，说道：

> 闺中既已邃远兮，哲王又不寤。怀朕情而不发兮，余焉能忍与此终古。（《离骚》。）

以屈原的才气，倘肯稍为迁就社会一下，发展的余地正多，他未尝不盘算及此。他托为他姊姊劝他的话，说道：

> 女嬃之婵媛兮，申申其詈余。曰："鲧婞直以亡身兮，终然夭乎羽之野。汝何博謇而好修兮，纷独有此姱节。薋菉葹以盈室兮，判独离而不服。众不可户说兮，孰云察余之中情。世并举而好朋兮，夫何茕独而不余听。……（《离骚》。）

又托为渔父劝他的话，说道：

> 夫圣人者，不凝滞于物，而能与世推移。举世皆浊，何不淈其泥而扬其波。众人皆醉，何不餔其糟而歠其醨。（《渔父》。）

他自己亦曾屡屡反劝自己，说道：

> 惩于羹者而吹齑兮，何不变此志也。欲释阶而登天兮，犹有曩之态也。（《惜诵》。）

说是如此，他肯吗？不不！他断然排斥"迁就主义"。他说：

> 刑方以为圜兮，常度未替。易初本迪兮，君子所鄙。……玄文处幽兮，蒙瞍谓之不章。离娄微睇兮，瞽以为无明。……邑犬群吠兮，吠所怪也。非俊疑杰兮，固常态也。（《怀沙》。）

他认定真理正义，和流俗人不相容，受他们压迫，乃是当然的，自己最要紧是立定脚跟，寸步不移。他说：

> 嗟尔幼志，有以异兮。独立不迁，岂不可喜兮。深固难徙，廓其无求兮。苏世独立，横而不流兮。（《橘颂》。）

他根据这"独立不迁"主义来定自己的立场，所以说：

> 固时俗之工巧兮，偭规矩而改错。背绳墨以追曲兮，竞周容以为度。忳郁邑余侘傺兮，吾独穷困乎此时也。宁溘死以流亡兮，余不忍为此态也。鸷鸟之不群兮，自前世而固然。何方圆之能周兮，夫孰异道而相安。屈心而抑志兮，忍尤而攘垢。伏清白以死直兮，固前圣之所厚。（《离骚》。）

易卜生最喜欢讲的一句话：All or nothing.（要整个，不然，宁可什么也没有。）屈原正是这种见解，"异道相安"，他认为和方圆相周一样，是绝对不可能的事。中国人爱讲调和，屈原不然，他只有极端："我决定要打胜他们，打不胜我就死。"这是屈原人格的立脚点。他说也是如此说，做也是如此做。

五

不肯迁就，那么，丢开罢。怎么样呢？这一点，正是屈原心中常常交战的题目，丢开有两种，一是丢开楚国，二是丢开现社会。丢开楚国的商榷，所谓：

> 思九州之博大兮，岂惟是其有女。……何所独无芳草兮，尔何怀乎故宇。（《离骚》。）

这种话就是后来贾谊吊屈原说的："历九州而相君兮，何必怀此都也。"屈原对这种商榷怎么呢？他以为举世混浊，到处都是一样。他说：

> 溘吾游此春宫兮，折琼枝以继佩。及荣华之未落兮，相下女之可诒。
>
> 吾令丰隆乘云兮，求宓妃之所在。解佩纕以结言兮，吾令蹇修以为理。纷总总其离合兮，忽纬繣其难迁。……望瑶台之偃蹇兮，见有娀之佚女。吾令鸩为媒兮，鸩告余以不好。雄鸠之鸣逝兮，余犹恶其佻巧。……及少康之未家兮，留有虞之二姚。理弱而媒拙兮，恐道言之不固。时混浊而嫉贤兮，好蔽美而称恶。……（《离骚》。）

这些话怎样解呢？对于这一位意中人，已经演了失恋的痛史了，再换别人，只怕也是一样。宓妃吗？纬繣难迁。有娀吗？不好，佻巧。二姚吗？道言不固。总结一句，就是旧戏本说的笑话："我想平儿，平儿老不想我。"怎么样他才会想我呢？除非我变个样子，然而我到底不肯，所以任凭你走遍天涯地角，终久找不着一个可意的人来结婚，于是他发出绝望的悲调，说：

> 忽反顾以流涕兮，哀高丘之无女。（《离骚》。）

他理想的女人，简直没有。那么，他非在独身生活里头甘心终老不可了。

举世混浊的感想，《招魂》上半篇表示得最明白。所谓：

> 魂兮归来，东方不可以托些。……魂兮归来，南方不可以止些。……魂兮归来，西方之害流沙千里些。……魂兮归来，北方不可以止些。……魂兮归来，君无上天些。……魂兮归来，君无下此幽都些。……

似此"上下四方多贼奸"，有那一处可以说是比"故宇"强些呢？所以丢开楚国，全是不彻底的理论，不能成立。

丢开现社会，确是彻底的办法。屈原同时的庄周，就是这样，屈原也常常打这个主意。他说：

> 悲时俗之迫厄兮，愿轻举以远游。（《远游》。）

他被现社会迫厄不过，常常要和他脱离关系宣告独立，而且实际上他的神识，亦往往靠这一条路得些安慰。他作品中表现这种理想者最多，如：

> 驾青虬兮骖白螭，吾与重华游兮瑶之圃。登昆仑兮食玉英，与天地兮同寿，与日月兮同光。（《涉江》。）
>
> 与女游兮九河，冲风起兮水扬波。乘水车兮荷盖，驾两龙兮骖螭。登昆仑兮四望，心飞扬兮浩荡。（《河伯》。）

春秋忽其不淹兮，奚久留此故居。轩辕不可攀援兮，吾将从王乔而游戏。餐六气而饮沆瀣兮，漱正阳而含朝霞。保神明之清澄兮，精气入而粗秽除。顺凯风以从游兮，至南巢而一息。见王子而宿之兮，审壹气之和德。（《远游》。）

穆眇眇之无垠兮，莽芒芒之无仪。声有隐而相感兮，物有纯而不可为。藐蔓蔓之不可量兮，缥绵绵之不可纤。……上高岩之峭岸兮，处雌蜺之标颠。据青冥而据虹兮，遂倏忽而扪天。……（《悲回风》。）

遭吾道夫昆仑兮，路修远以周流。扬云霓之暗霭兮，鸣玉鸾之啾啾。朝发轫于天津兮，夕余至乎西极。凤皇翼其承旗兮，高翱翔之翼翼。忽吾行此流沙兮，遵赤水而容与。麾蛟龙使梁津兮，诏西皇使涉余。……屯余车其千乘兮，齐玉轪而并驰。驾八龙之婉婉兮，载云旗之委蛇。抑志而弭节兮，神高驰之邈邈。奏九歌而舞韶兮，聊假日以偷乐。（《离骚》。）

诸如此类，所写都是超现实的境界，都是从宗教的或哲学的想像力构造出来。倘使屈原肯往这方面专做他的精神生活，他的日子原可以过得很舒服。然而不能，他在《远游》篇，正在说："绝氛埃而淑尤兮，终不反其故都。"底下忽然接着道：

恐天时之代序兮，耀灵晔而西征。微霜降而下沦兮，悼芳草之先零。

他在《离骚》篇，正在说："假日偷乐"，底下忽然接着道：

> 陟升皇之赫戏兮，忽临睨夫旧乡。仆夫悲余马怀兮，蜷
> 局顾而不行。

乃至如《招魂》篇把物质上娱乐敷陈了一大堆，煞尾却说
道：

> 皋兰被径兮斯路渐，湛湛江水兮上有枫。目极千里兮伤
> 春心，魂兮归来哀江南。

屈原是情感的化身，他对于社会的同情心，常常到沸度。
看见众生苦痛，便和身受一般。这种感觉，任凭用多大力量的麻
药也麻他不下，正所谓："此情无计可消除，才下眉头，却上心
头。"说丢开吗？如何能够呢？他自己说：

> 登高吾不说兮，入下吾不能。（《思美人》。）

这两句真是把自己心的状态，全盘揭出，超现实的生活不愿做，
一般人的凡下现实生活又做不来，他的路于是乎穷了。

六

对于社会的同情心既如此其富，同情心刺戟最烈者，当然是
祖国。所以放逐不归，是他最难过的一件事。他写初去国时的情
绪道：

> 发郢都而去闾兮，怊荒忽之焉极。楫齐扬以容与兮，
> 哀见君而不再得。望长楸而太息兮，涕淫淫其若霰。过夏首

而西浮兮，顾龙门而不见。……将运舟而下浮兮，上洞庭而下江。去终古之所居兮，今逍遥而来东。羌灵魂之欲归兮，何须臾而忘返。背夏浦而西思兮，哀故都之日远。（《哀郢》。）

望孟夏之短夜兮，何晦明之若岁。惟郢路之辽远兮，魂一夕而九逝。曾不知路之曲直兮，南指月与列星。愿径逝而不得兮，魂识路之营营。（《抽思》。）

内中最沉痛的是：

曼余目以流观兮，冀一反之何时。鸟飞返故居兮，狐死必首丘。信非余罪而放逐兮，何日夜而忘之。（《哀郢》。）

这等作品真所谓："一声何满子，双泪落君前。"任凭是铁石人，读了怕都不能不感动哩。

他在湖南过的生活，《涉江》篇中描写一部分如下：

乘舲船余上沅兮，齐吴榜以击汰。船容与而不进兮，淹回水而凝滞。朝发枉陼兮，夕宿辰阳。苟余心其端直兮，虽僻远之何伤。入溆浦余儃佪，迷不知吾所如。深林杳以冥冥兮，乃猿狖之所居。山峻高以蔽日兮，下幽晦以多雨。霰雪纷其无垠兮，云霏霏而承宇。哀吾生之无乐兮，幽独处乎山中。吾不能变心而从俗兮，固将愁苦而终穷。

大概他在这种阴惨岑寂的自然界中过那非社会的生活，经了许多年，像他这富于社会性的人，如何能受。他在那里：

退静默而莫余知兮，进号呼又莫吾闻。（《惜诵》。）

他和恶社会这场血战，真已到矢尽援绝的地步，肯降服吗？到底不肯，他把他的洁癖坚持到底。说道：

安能以身之察察，受物之汶汶者乎？宁赴湘流，葬于江鱼腹中，又安能以皓皓之白，而蒙世俗之尘埃乎！（《渔父》。）

他是有精神生活的人，看着这臭皮囊，原不算什么一回事。他最后觉悟到他可以死而且不能不死，他便从容死去。临死时的绝作说道：

人生有命兮，各有所错兮，定心广志。余何畏惧兮，曾伤爰哀。永叹喟兮，世溷不吾知。人心不可谓兮，知死不可让兮，愿勿爱兮。明告君子，吾将以为类兮。（《怀沙》。）

西方的道德论，说凡自杀皆怯懦。依我们看，犯罪的自杀是怯懦，义务的自杀是光荣。匹夫匹妇自经沟渎的行为，我们诚然不必推奖他。至于"志士不忘在沟壑，勇士不忘丧其元"，这有什么见不得人之处。屈原说的"定心广志何畏惧"、"知死不可让愿勿爱"，这是怯懦的人所能做到吗？

《九歌》中有赞美战死的武士一篇，说道：

……出不入兮往不反，平原忽兮路迢远。带长剑兮挟秦弓，首虽离兮心不惩。诚既勇兮又以武，终刚强兮不可陵。身既死兮神以灵，子魂魄兮为鬼雄。（《国殇》。）

这虽属侑神之词，实亦写他自己的魄力和身分，我们这位文学老祖宗留下二十多篇名著，给我们民族偌大一份遗产，他的责任算完全尽了，末后加上这汨罗一跳，把他的作品添出几倍权威，成就万劫不磨的生命，永远和我们相摩相荡。呵呵！"诚既勇兮又以武，终刚强兮不可陵。"呵呵！屈原不死屈原惟自杀故，越发不死。

七

以上所讲，专从屈原作品里头体现出他的人格我对于屈原的主要研究，算是结束了。最后对于他的文学技术，应该附论几句：

屈原以前的文学，我们看得着的只有《诗经》三百篇。三百篇好的作品，都是写实感。实感自然是文学主要的生命，但文学还有第二个生命，曰想像力。从想像力中活跳出实感来，才算极文学之能事。就这一点论，屈原在文学史的地位，不特前无古人，截到今日止，仍是后无来者。因为屈原以后的作品，在散文或小说里头，想像力比屈原优胜的或者还有，在韵文里头，我敢说还没有人比得上他。

他作品中最表现想像力者，莫如《天问》、《招魂》、《远游》三篇。《远游》的文句，前头多已征引，今不再说。《天问》纯是神话文学，把宇宙万有，都赋予他一种神秘性，活像希腊人思想。《招魂》前半篇说了无数半神半人的奇情异俗，令人目摇魄荡。后半篇说人世间的快乐，也是一件一件的从他脑子里幻构出来。至如《离骚》，什么灵氛，什么巫咸，什么丰隆、望舒、蹇修、飞廉、雷师，这些鬼神，都拉来对面谈话，或指派差事。什么宓妃、什么有娀佚女、什么有虞二姚，都和他商量爱情，凤皇、鸩鸠、题鴃，都听他使唤，或者和他答话。虬、龙、虹霓、鸾，或是替他拉车，或是替他打伞，或是替他搭桥。兰、茞、桂、椒、芰荷、芙蓉……无数芳草，都做了他的服饰。昆仑、县圃、咸池、扶桑、苍梧、崦嵫、闾阖、阆风、穷石、洧盘、天津、赤水、不周……种种地名或建筑物，都是他脑海里头的国土。又如《九歌》十篇，每篇写一神，便把这神的身分和意识都写出来，想像力丰富瑰伟到这样，何止中国，在世界文学作品中，除了但丁神曲外，恐怕还没有几家够得上比较哩。

班固说："不歌而诵谓之赋。"从前的诗，谅来都是可以歌的。不歌的诗，自"屈原赋"始，几千字一篇的韵文，在体格上已经是空前创作，那波澜壮阔，层叠排奡，完全表出他气魄之伟大。有许多话讲了又讲，正见得缠绵悱恻，一往情深。有这种技术，才配说"感情的权化"。

写客观的意境，便活给他一个生命，这是屈原绝大本领。这类作品，《九歌》中最多，如：

> 君不行兮夷犹，蹇谁留兮中洲。美要眇兮宜修，沛吾乘兮桂舟。令沅湘兮无波，使江水兮安流。（《湘君》。）

> 帝子降兮北渚，目眇眇兮愁予。袅袅兮秋风，洞庭波兮木叶下。……沅有芷兮澧有兰，思公子兮未敢言。……（《湘夫人》。）

> 秋兰兮麋芜，罗生兮堂下。绿叶兮素枝，芳菲菲兮袭予。……秋兰兮青青，绿叶兮紫茎。满堂兮美人，忽独与余

今目成。入不言兮出不辞，乘回风兮载云旗。悲莫悲兮生别离，乐莫乐兮新相知。荷衣兮蕙带，倏而来兮忽而逝。夕宿兮帝郊，君谁须兮云之际。……（《少司命》。）

子交手兮东行，送美人兮南浦。波滔滔兮来迎，鱼鳞鳞兮媵予。（《河伯》。）

这类作品，读起来，能令自然之美，和我们心灵相触逗，如此，才算是有生命的文学。太史公批评屈原道：

其文约，其辞微，其志洁，其行廉，其称文小而其指极大，举类迩而见义远。其志洁，故其称物芳。其行廉，故死而不容自疏。濯淖污泥之中，蝉蜕于浊秽……不获世之滋垢，皭然泥而不滓者也。推此志也，虽与日月争光可也。（《史记》本传。）

虽未能尽见屈原，也算略窥一斑了。我就把这段作为全篇的结束。

为学与做人

[1922年12月27日]

　　诸君，我在南京讲学将近三个月了，这边苏州学界里头，有好几回写信邀我，可惜我在南京是天天有功课的，不能分身前来，今天到这里，能够和全城各校诸君聚在一堂，令我感激得很。但有一件，还要请诸君原谅，因为我一个月以来，都带着些病，勉强支持，今天不能作很长的讲演，恐怕有负诸君期望哩。

　　问诸君："为甚么进学校？"我想人人都会众口一辞的答道："为的是求学问！"再问："你为什么要求学问？""你想学些什么？"恐怕各人的答案就很不相同，或者竟自答不出来了。诸君啊！我请替你们总答一句罢："为的是学做人。"你在学校里头学的什么数学、几何、物理、化学、生理、心理、历史、地理、国文、英语，乃至什么哲学、文学、科学、政治、法律、经济、教育、农业、工业、商业等等，不过是做人所需要的一种手段，不能说专靠这些便达到做人的目的。任凭你把这些件件学得精通，你能够成个人不能成个人还是别问题。

　　人类心理，有知、情、意三部分，这三部分圆满发达的状态，我们先哲名之为三达德——智、仁、勇。为什么叫做"达德"呢？因为这三件事是人类普通道德的标准，总要三件具备才能成一个人。三件的完成状态怎么样呢？孔子说："知者不惑，仁者不忧，勇者不惧。"所以教育应分为知育、情育、意育三方面。——现在讲的智育、德育、体育，不对，德育范围太笼统，体育范围太狭隘，——知育要教到人不惑，情育要教到人不忧，意育要教到人不惧。教育家教学生，应该以这三件为究竟，我们自动的自己教育自己，也应该以这三件为究竟。

怎么样才能不惑呢？最要紧是养成我们的判断力。想要养成判断力，第一步，最少须有相当的常识。进一步，对于自己要做的事须有专门智识。再进一步，还要有遇事能断的智慧。假如一个人连常识都没有，听见打雷，说是雷公发威；看见月蚀，说是虾蟆贪嘴。那么，一定闹到什么事都没有主意，碰着一点疑难问题，就靠求神问卜，看相算命去解决，真所谓"大惑不解"，成了最可怜的人了。学校里小学、中学所教，就是要人有了许多基本的常识，免得凡事都暗中摸索。但仅仅有这点常识还不够，我们做人，总要各有一件专门职业，这门职业，也并不是我一人破天荒去做，从前已经许多人做过，他们积了无数经验，发见出好些原理原则，这就是专门学识。我打算做这项职业，就应该有这项专门学识。例如我想做农吗，怎样的改良土壤、怎样的改良种子、怎样的防御水旱病虫……等等，都是前人经验有得成为学识的。我们有了这种学识，应用他来处置这些事，自然会不惑，反是则惑了。做工、做商……等等，都各各有他的专门学识，也是如此。我想做财政家吗，何种租税可以生出何样结果、何种公债可以生出何样结果……等等，都是前人经验有得成为学识的。

我们有了这种学识，应用他来处置这些事，自然会不惑，反是则惑了。教育家、军事家……等等，都各各有他的专门学识，也是如此。我们在高等以上学校所求的智识，就是这一类。但专靠这种常识和学识就够吗？还不能，宇宙和人生是活的不是呆的，我们每日所碰见的事理是复杂的、变化的不是单纯的、印板的。倘若我们只是学过这一件才懂这一件，那么，碰着一件没有学过的事来到跟前，便手忙脚乱了。所以还要养成总体的智慧，才能得有根本的判断力。这种总体的智慧如何才能养成呢？第一件，要把我们向来粗浮的脑筋，着实磨练他，叫他变成细密而且踏实，那么，无论遇着如何繁难的事，我都可以彻头彻尾想清楚他的条理，自然不至于惑了。第二件，要把我们向来昏浊的脑筋，着实将养他，叫他变成清明，那么，一件事理到跟前，我才能很从容很莹澈的去判断他，自然不至于惑了。以上所说常识学识和总体的智慧，都是智育的要件，目的是教人做到知者不惑。

怎么样才能不忧呢？为什么仁者便会不忧呢？想明白这个道理，先要知道中国先哲的人生观是怎么样，"仁"之一字，儒家人生观的全体大用都包在里头。"仁"到底是什么？很难用言语说明，勉强下个解释，可以说是"普遍人格之实现"。孔子说："仁者人也"，意思说是人格完成就叫做"仁"。但我们要知道，人格不是单独一个人可以表见的，要从人和人的关系上看出来，所以仁字从二人，郑康成解他做"相人偶"。总而言之，要彼我交感互发，成为一体，然后我的人格才能实现。所以我们若不讲人格主义，那便无话可说。讲到这个主义，当然归宿到普遍人格。换句话说，宇宙即是人生，人生即是宇宙，我的人格和宇宙无二无别，体验得这个道理，就叫做"仁者"。然则这种仁者为甚么就会不忧呢？大凡忧之所从来，不外两端：一曰忧成败，二曰忧得失。我们得着"仁"的人生观，就不会忧成败。为什么呢？因为我们知道宇宙和人生是永远不会圆满的，所以易经六十四卦始"乾"，而终"未济"，正为在这永远不圆满的宇宙中，才永远容得我们创造进化，我们所做的事，不过在宇宙进化几万万里的长途中，往前挪一寸两寸，那里配说成功呢！然则不做怎么样呢？不做便连这一寸两寸都不往前挪，那可真真失败了。"仁者"看透这种道理，信得过只有不做事才算失败，肯做事便不会失败，所以《易经》说："君子以自强不息。"换一方面来看，他们又信得过凡事不会成功的，几万万里路挪了一两寸，算成功吗？所以《论语》说："知其不可而为之。"你想，有这种人生观的人，还有什么成败可忧呢？再者，我们得着"仁"的人生观，便不会忧得失。为什么呢？因为认定这件东西是我的，才有得失之可言。连人格都不是单独存在，不能明确的画出这一部分是我的，那一部分是人家的，然则那里有东西可以为我所得。既已没有东西为我所得，当然也没有东西为我所失，我只是为学问而学问，为劳动而劳动，并不是拿学问、劳动等等做手段来达某种目的——可以为我们"所得"的。所以老子说："生而不有，为而不恃。""既以为人己愈有，既以与人己愈多。"你想，有这种人生观的人，还有什么得失可忧呢？总而言之，有了这种人生观，自然会觉得"天地与我并生，而万物与我为一"，自然会"无入而不自得"。他的生活，纯然是趣味化、艺术化，这是最高的情感教育，目的教人做到仁者不忧。

怎么样才能不惧呢？有了不惑不忧工夫，惧当然会减少许多了，但这是属于意志方面的事。一个人若是意志力薄弱，便有很丰富的智识，临时也会用不着，便有很优美的情操，临时也会变了卦。然则意志怎么才会坚强呢？头一件须要心地光明。孟子说："浩然之气，至大至刚，行有不慊于心，则馁矣。"又说："自反而不缩，虽褐宽博，吾不惴焉。自反而缩，虽千万人吾往矣。"俗语说得好："生平不作亏心事，夜半敲门也不惊。"一个人要保持勇气，须要从一切行为可以公开做起，这是第一着。

第二件要不为劣等欲望之所牵制。《论语》记："子曰：吾未见刚者。或对曰：申枨。子曰：枨也欲，焉得刚？"一被物质上无聊的嗜欲东拉西扯，那么，百炼钢也会变为绕指柔了。总之一个人的意志，由刚强变为薄弱极易，由薄弱返到刚强极难。一个人有了意志薄弱的毛病，这个人可就完了，自己作不起自己的主，还有什么事可做，受别人压制，做别人奴隶，自己只要肯奋斗，终须能恢复自由。自己的意志做了自己情欲的奴隶，那么，真是万劫沉沦，永无恢复自由的余地，终身畏首畏尾，成了个可怜人了。孔子说："和而不流，强哉矫。中立而不倚，强哉矫。国有道，不变塞焉，强哉矫。国无道，至死不变，强哉矫。"我老实告诉诸君说罢，做人不做到如此，决不会成一个人。但做到如此真是不容易，非时时刻刻做磨练意志的工夫不可。意志磨练得到家，自然是看着自己应做的事，一点不迟疑，扛起来便做，"虽千万人吾往矣"，这样才算顶天立地做一世人，绝不会有藏头躲尾左支右绌的丑态，这便是意育的目的，要教人做到勇者不惧。

我们拿这三件事作做人的标准，请诸君想想，我自己现时做到那一件——那一件稍为有一点把握，倘若连一件都不能做到，连一点把握都没有，嗳哟！那可真危险了，你将来做人恐怕就做不成。讲到学校里的教育吗，第二层的情育第三层的意育，可以说完全没有，剩下的，只有第一层的知育。就算知育罢，又只有所谓常识和学识，至于我所讲的总体智慧靠来养成根本判断力的，却是一点儿也没有。这种"贩卖智识杂货店"的教育，把他前途想下去，真令人不寒而慄。现在这种教育，一时又改革不来，我们可爱的青年，除了他更没有可以受教育的地方。诸君啊！你到底还要做人不要？你要知道危险呀！非你自己抖擞精神想方法自救，没有人能救你呀！

诸君啊，你千万别要以为得些断片的智识，就算是有学问呀！我老实不客气告诉你罢，你如果做成一个人，智识自然是越多越好。你如果做不成一个人，智识却是越多越坏。你不信吗？试想想全国人所唾骂的卖国贼某人某人，是有智识的呀，还是没有智识的呢？试想想全国人所痛恨的官僚政客——专门助军阀作恶鱼肉良民的人，是有智识的呀，还是没有智识的呢？诸君须知道啊，这些人当十几年前在学校的时代，意气横厉，天真烂漫，何尝不和诸君一样，为什么就会堕落到这样田地呀？屈原说的："何昔日之芳草兮，今直为此萧艾也。岂其有他故兮，莫好修之害也。"天下最伤心的事，莫过于看着一群好好的青年，一步一步的往坏路上走，诸君猛醒啊！现在你所厌所恨的人，就是你前车之鉴了。

诸君啊，你现在怀疑吗？沉闷吗？悲哀痛苦吗？觉得外边的压迫你不能抵抗吗？我告诉你，你怀疑和沉闷，便是你因不知才会惑。你悲哀痛苦，便是你因不仁才会忧。你觉得你不能抵抗外界的压迫，便是你因不勇才有惧。这都是你的知情意未经过修养磨练，所以还未成个人。我盼望你有痛切的自觉啊！有了自觉，自然会自动，那么，学校之外，当然有许多学问，读一卷经翻一部史，到处都可以发见诸君的良师呀！

诸君啊，醒醒罢，养足你的根本智慧，体验出你的人格人生观，保护好你的自由意志，你成人不成人，就看这几年哩。

东南大学课毕告别辞

[1923年1月13日]

诸君，我在这边讲学半年，大家朝夕在一块儿相处，我很觉得快乐。并且因为我任有一定的功课，也催逼着我把这部十万余言的《先秦政治思想史》著成，不然，恐怕要等到十年或十余年之后。中间不幸身体染有小病，即今还未十分复原，我常常恐怕不能完课。如今幸得讲完了。这半年以来，听讲的诸君，无论是正式选课或是旁听，都是始终不曾旷课，可以证明诸君对于我所讲有十分兴味。今当分别，彼此实在很觉得依恋难舍，因为我们这半年来，彼此人格上的交感不少。最可惜者，因为时间短促，以致仅有片面的讲授，没有相互的讨论，所谓教学相长，未能如愿做到。今天为这回最末的一次讲演，当作与诸君告别之辞。

诸君千万不要误解，说梁某人是到这边来贩卖知识，我自计知识之能贡献于诸君者实少。知识之为物，实在是无量的广漠，谁也不能说他能给谁以绝对不易的知识，顶多，亦只承认他有相对的价值。即如讲奈端罢，从前总算是众口同词的认为可靠，但是现在，安斯坦又几乎完全将他推倒。专门的知识，尚且如此，何况像我这种泛滥杂博的人，并没有一种专门名家的学问呢？所

167

以切盼诸君，不要说我有一艺之长，讲的话便句句可靠，最多，我想，亦只叫诸君知道我自己做学问的方法。譬如诸君看书，平素或多忽略不经意的地方，必要寻着这个做学问的方法，乃能事半功倍。真正做学问，乃是找着方法去自求，不是仅看人家研究所得的结果。因为人家研究所得的结果，终是人家的，况且所得的，也未必都对。

讲到此处，我有一个笑话告诉诸君。记得某一本小说里说：吕纯阳下山觅人传道，又不晓得谁是可传，他就设法来试验。有一次，在某地方，遇着一个人，吕纯阳登时将手一指，点石成金，就问那个人要否，那人只摇着头，说不要。吕纯阳再点一块大的试他，那人仍是不为所动。吕纯阳心里便十分欢喜，以为道有可传的人了，但是还恐怕靠不住，再以更大的金块试他，那人果然仍是不要。吕纯阳便问他不要的原因，满心承望他答覆一个热心向道。那晓得那人不然，他说："我不要你点成了的金块，我是要你那点金的指头，因为有了这指头，便可以自由点用。"这虽是个笑话，但却很有意思。所以很盼诸君，要得着这个点石成金的指头——做学的方法——那么，以后才可以自由探讨，并可以辩正师传的是否。教拳术的教师，最少要希望徒弟能与他对敌，学者亦当悬此为鹄，最好是要青出于蓝而胜于蓝，若仅仅是看前人研究所得，而不自行探讨，那么，得一便不能知其二；且取法乎上，得仅在中，这样，学术岂不是要一天退化一天吗？人类知识进步，乃是要后人超过前人，后人应用前人的治学方法，而复从旧方法中，开发出新方法来。方法一天一天的增多，便一天一天的改善，拿着改善的新方法去治学，自然会优于前代。我个人的治学方法，或可以说是不错，我自己应用来也有些成效，可惜这次全部书中所说的，仍为知识的居多，还未谈做学的方法。倘若诸君细心去看，也可以寻找得出来，既经找出，再循着这方法做去，或者更能发现我的错误，或是来批评我，那就是我最欢喜的。

我今天演讲，不是关于知识方面的问题。诚然，知识在人生地位上，也是非常紧要，我从来并未将他看轻。不过，若是偏重知识，而轻忽其他人生重要之部，也是不行的。现在中国的学校，简直可说是贩卖知识的杂货店，文哲工商，各有经理，一般来求学的，也完全以顾客自命。固然欧美也同坐此病，不过病的深浅，略有不同。我以为长此以往，一定会发生不好的现象。中国现今政治上的窳败，何尝不是前二十年教育不良的结果。盖二十年前的教育，全采用日德的军队式，并且仅能袭取皮毛，以至造成今日一般无自动能力的人。现在哩，教育是完全换了路了，美国式代日式德式而兴，不出数年，我敢说是全部要变成美国化，或许我们这里——东南大学——就是推行美化的大本营。美国式的教育，诚然是比德国式、日本式的好，但是毛病还很多，不是我们理想之鹄。英人罗素回国后，颇艳称中国的文化，发表的文字很多，他非常盼望我们这占全人类四分之一的特殊民族，不要变成了美国的"丑化"，这一点可说是他看得很清楚。美国人切实敏捷，诚然是他们的长处，但是中国人即使全部将他移植过来，使纯粹变成了一个东方的美国，慢讲没有这种可能，即能，我不知道诸君怎样，我是不愿的。因为倘若果然如此，那真是罗素所说的，把这有特质的民族，变成了丑化了。我们看得很清楚，今后的世界，决非美国式的教育所能域领。现在多数美国的青年，而且是好的青年，所作何事？不过是一生到死，急急忙忙的，不任一件事放过：忙进学校，忙上课，忙考试，忙升学，忙毕业，忙得文凭，忙谋事，忙花钱，忙快乐，忙恋爱，忙结婚，忙养儿女，还有最后一忙——忙死。他们的少数学者，如詹姆士之流，固然总想为他们别开生面，但是大部份已经是积重难返。像在这种人生观底下过活，那么，千千万万人，前脚接后脚的来这世界上走一趟，住几十年，干些什么哩？唯一无二的目的，岂不是来做消耗面包的机器吗？或是怕那宇宙间的物质运动的大轮子，缺了发动力，特自来供给他燃料。果真这样，人生还有一毫意味吗？人类还有一毫价值吗？

现在全世界的青年，都因此无限的凄惶失望。知识愈多，沉闷愈苦，中国的青年，尤为利害，因为政治社会不安宁，家国之累，较他人为甚，环顾宇内，精神无可寄托。从前西人唯一维系内心之具，厥为基督教，但是科学昌明后，第一个致命伤，便是宗教。从前在苦无可诉的时候，还得远远望着冥冥的天堂，现在呢，知道了，人类不是什么上帝创造，天堂更渺不可凭，这种宗教的麻醉剂，已是无法存在。

讲到哲学吗，西方的哲人，素来只是高谈玄妙，不得真际，所足恃为人类安身立命之具，也是没有。再如讲到文学吗，似乎应该少可慰藉，但是欧美现代的文学，完全是刺戟品，不过叫人稍醒麻木。但一切耳目口鼻所接，都足陷人于疲敝，刺戟一次，疲麻的程度又增加一次。如吃辣椒然，浸假而使舌端麻木到极点，势非取用极辣的胡椒来刺戟不可。这种刺戟的功用，简直如有烟癖的人，把鸦片或吗啡提精神一般，虽精神或可暂时振起，但是这种精神，不是鸦片和吗啡带得来的，是预支将来的精神。所以说，一次预支，一回减少；一番刺戟，一度疲麻。现在他们的文学，只有短篇的最合胃口，小诗两句或三句，戏剧要独幕的好。至于荷马、但丁、屈原、宋玉，那种长篇的作品，可说是不曾理会。因为他们碌碌于舟车中，时间来不及，目的只不过取那种片时的刺戟，大大小小，都陷于这种病的状态中，所以他们一般有先见的人，都在遑遑求所以疗治之法。我们把这看了，那么，虽说我们在学校应求西学，而取舍自当有择。若是不问好歹，无条件的移植过来，岂非人家饮鸩，你也随着服毒，可怜可笑孰甚！

近来，国中青年界很习闻的一句话就是"智识饥荒"，却不晓得还有一个顶要紧的"精神饥荒"在那边。中国这种饥荒，都闹到极点，但是只要我们知道饥荒所在，自可想方法来补救。现在精神饥荒闹到如此，而人多不自知，岂非危险？一般教导者，也不注意在这方面提倡，只天天设法怎样将知识去装青年的脑袋子，不知道精神生活完全，而后多的知识才是有用，苟无精神生活的人，为社会计，为个人计，都是知识少装一点为好。因为无精神生活的人，知识愈多，痛苦愈甚，作歹事的本领也增多。例如黄包车夫，知识粗浅，他决没有有知识的青年这样的烦闷，并且作恶的机会也很少。大奸恶的卖国贼，都是智识阶级的人做的。由此可见，没有精神生活的人，有知识实在危险。盖人苟无安身立命之具，生活便无所指归，生理心理，并呈病态。试略分别言之：就生理言，阳刚者必至发狂自杀，阴柔者自必委靡沉溺。再就心理言，阳刚者便悍然无顾，充分的恣求物质上的享乐，然而欲望与物质的增加率，相竞腾升，故虽有妻妾宫室之奉，仍不觉快乐；阴柔者便日趋消极，成了一个竞争场上落伍的人，凄惶失望，更为痛苦。故谓精神生活不全，为社会，为个人，都是知识少点的为好。因此我可以说为学的首要，是救精神饥荒。

　　救济精神饥荒的方法，我认为东方的——中国与印度——比较最好。东方的学问，以精神为出发点；西方的学问，以物质为出发点。救知识饥荒，在西方找材料；救精神饥荒，在东方找材料。东方的人生观，无论中国印度，皆认物质生活为第二位，第一，就是精神生活。物质生活，仅视为补助精神生活的一种工具，求能保持肉体生存为已足。最要，在求精神生活的绝对自由。精神生活，贵能对物质界宣告独立，至少，要不受其牵掣。如吃珍味，全是献媚于舌，并非精神上的需要，劳苦许久，仅为一寸软肉的奴隶，此即精神不自由。以身体全部论，吃面包亦何尝不可以饱？甘为肉体的奴隶，即精神为所束缚，必能不承认舌——一寸软肉为我，方为精神独立。东方的学问道德，几全部是教人如何方能将精神生活对客观的物质或己身的肉体宣告独立。佛家所谓解脱，近日所谓解放，亦即此意。客观物质的解放尚易，最难的为自身——耳目口鼻……的解放。西方言解放，尚不及此，所以就东方先哲的眼光看去，可以说是浅薄的，不澈底的。东方的主要精神，即精神生活的绝对自由。

　　求精神生活绝对自由的方法，中国印度不同，印度有大乘、小乘不同，中国有儒、墨、道各家不同。就讲儒家，又有孟、荀、朱、陆的不同。任各人性质机缘之异，而各择一条路走去，所以具体的方法，很难讲出。且我用的方法，也未见真是对的，更不能强诸君从同。但我自觉烦闷时少，自二十余岁到现在，不敢说精神已解脱，然所以烦闷少，也是靠此一条路，以为精神上的安慰。至于先哲教人救济精神饥荒的方法，约有两条：

（一）裁抑物质生活，使不得猖獗，然后保持精神生活的圆满。如先平盗贼，然后组织强固的政府。印度小乘教，即用此法，中国墨家，道家的大部，以及儒家程、朱，皆是如此。以程、朱为例，他们说的持敬制欲，注重在应事接物上裁抑物质生活，以求达精神自由的境域。

（二）先立高尚美满的人生观，自己认清楚将精神生活确定，靠其势力以压抑物质生活。如此，不必细心检点，用拘谨功夫，自能达到精神生活绝对自由的目的。此法可谓积极的，即孟子说："先立乎其大者，则其小者不能夺也。"不主张一件一件去对付，且不必如此。先组织强固的政府，则地方自安，即有小丑跳梁，不必去管，自会消灭，如雪花飞近大火，早已自化了。此法佛家大乘教、儒家孟子、陆、王皆用之，所谓"浩然之气"即是此意。

以上二法，我不过介绍与诸君，并非主张诸君一定要取某种方法。两种方法虽异，而认清精神要解脱这一点却同。不过说青年时代应用的，现代所适用的，我以为采积极的方法较好，就是先立定美满的人生观，然后应用之以处世。至于如何的人生观方为美满，我却不敢说，因为我的人生观，未见得真是对的。恐怕能认清最美满的人生观，只有孔子、释迦牟尼有此功夫。我现在将我的人生观讲一讲，对不对，好不好，另为一问题。

我自己的人生观，可以说是从佛经及儒书中领略得来，我确信儒家、佛家有两大相同点：

（一）宇宙是不圆满的，正在创造之中，待人类去努力，所以天天流动不息，常为缺陷，常为未济。若是先已造成——既济的，那就死了，固定了。正因其在创造中，乃如儿童时代，生理上时时变化。这种变化，即人类之努力，除人类活动以外，无所谓宇宙。现在的宇宙，离光明处还远，不过走一步比前好一步，想立刻圆满，不会有的。最好的境域——天堂、大同、极乐世界——不知在几千万年之后，决非我们几十年生命所能做到的。能了解此理，则作事自觉快慰。以前为个人、为社会做事，不成功或做坏了，常感烦闷。明乎此，知做事不成功，是不足忧的。世界离光明尚远，在人类努力中，或偶有退步，不过是一现相。譬如登山，虽有时下，但以全部看仍是向上走。青年人烦闷，多因希望太过，知政治之不良，以为经一次改革，即行完满，及屡试而仍有缺陷，于是不免失望。不知宇宙的缺陷正多，岂是一步可升天的？失望之因，即根据于奢望过甚。《易经》说："乐则行之，忧则违之，确乎其不可拔。"此言甚精采，人要能如此看，方知人生不能不活动，而有活动，却不必往结果处想，最要不可有奢望。我相信孔子即是此人生观，所以"发愤忘食，乐以忘忧，不知老之将至"。他又说："智者乐水，仁者乐山；智者动，仁者静；智者乐，仁者寿。"天天快活，无一点烦闷气象，这是一件最重要的事。

（二）人不能单独存在，说世界上那一部分是我，很不对

的，所以孔子"毋我"，佛家亦主张"无我"。所谓无我，并不
是将固有的我压下或抛弃，乃根本就找不出我来。如说几十斤的
肉体是我，那么，科学发明，证明我身体上的原质，也在诸君身
上，也在树身上。如说精神的某部分是我，我敢说今天我讲演，
我已跑入诸君精神里去了。常住学校中许多精神，变为我的一部
分，读孔子的书及佛经，孔、佛的精神，又有许多变为我的一部
分。再就社会方面说，我与我的父母妻子，究竟有若干区别？许
多人——不必尽是纯孝——看父母比自己还重要，此即我父母将
我身之我压小。又如夫妇之爱，有妻视其夫，或夫视其妻，比己
身更重的。然而何为我呢？男子为我，抑女子为我，实不易分，
故澈底认清我之界限，是不可能的事。（此理佛家讲得最精，惜不
能多说。）世界上本无我之存在，能体会此意，则自己作事，成
败得失，根本没有。佛说："有一众生不成佛，我不成佛"、
"我不入地狱，谁入地狱？"至理名言，洞若观火。孔子也说：
"诚者非但诚己而已也。……"将为我的私心扫除，即将许多无
谓的计较扫除，如此，可以做到"仁者不忧"的境域，有忧时，
就是"先天下之忧而忧"，为人类——如父母、妻子、朋友、国
家、世界——而痛苦，免除私忧，即所以免烦恼。

我认东方"宇宙未济"、"人类无我"之说，并非论理学
的认识，实在如此。我用功虽少，但时时能看清此点，此即我的
信仰。我常觉快乐，悲愁不足扰我，即此信仰之光明所照。我现
已年老，而趣味淋漓，精神不衰，亦靠此人生观。至于我的人生
观，对不对，好不好，或与诸君的病合不合，都是另外一问题。
我在此讲学，并非对于诸君有知识上的贡献，有呢，就在这一

点。好不好，我自已也不知道。不过，诸君要知道自己的精神饥荒，要找方法医治，我吃此药，觉得有效，因此贡献诸君采择。世界的将来，要靠诸君努力。

知命与努力

［1927年5月22日］

今天所讲的题目是"知命与努力"。知命同努力这两件事，骤看似乎不易合并在一处，《列子·力命》篇中曾经说明力与命不能相容，我从前作的诗也有"百年力与命相持"之句，都是把知命同努力分开，而且以为两者不能并存。可是，究竟是不是这样呢？现在便要研究这个问题。胡适之先生在欧洲演说中国文化，狠攻击知命之说，以为知命是一种懒惰哲学，这种主张，能养成懒惰根性。这话若不错，那么，我们这个懒惰人族，将来除了自然淘汰之一途外，真没有别条路可走了。但究竟是不是这样呢？现在还当讨论。

在《论语》里面有一句话："不知命无以为君子。"意思是说：凡人非有知命的工夫不能作君子。"君子"二字在儒家的意义常是代表高尚人格的，可以知道儒家的意见，是以知命为养成高尚人格的重要条件。其他"五十而知命"等类的话狠多，知命一事在儒家可谓重视极了。再来返观儒家以外的各家的态度怎样呢？墨家树起反对之帜，矫正儒家，所攻击的，大半是儒家所重视的。所以墨家自然不相信命，《墨子·非命》篇中便极端否认知命，在现在讲，可算"打倒知命"了。列子的意见，更可从《力命》篇中看出，他假设两人对话，一名力，一名命，争论结果，偏重于命。列子是代表道家的，可见道家的主张，是根本将命抬到最高的地位，而将力压服在下面，和墨家重力黜命的宗旨恰恰相反。可是儒家就不然，一面讲命，一面亦讲力，知命和努力，是同在一样的重要的地位，即以"不知命无以为君子"一句论，为君子便是努力，但却以知命为必要条件，可知在儒家的眼光中两者毫无轩轾了。

命字到底怎么解呢？《论语》中的话很简单，未曾把定义揭出来，我们只好在儒家后辈的书籍中寻解说，《孟子》、《荀子》、《礼记》，这三种都是后来儒家的重要的书。《孟子》说："莫之致而至者命也。"意谓并不靠我们力量去促成，而它自己当然来的，便是命。《荀子》说："节遇谓之命。"节是时节，意谓在某一时节偶然遇着的，便是命。《礼记》说："分于道之谓命。"这一条戴东原解释得最详，他以为道是全体的统一的，在那全体的里面，分一部分出来，部分对于全体，自然要受其支配，那叫做"分限"，便是命。综合这几条，简单的说，就是：我们的行为，受了一种不可抵抗的力量的支配，偶然间遇着一个机会，或者被限制着只许在一定范围内自由活动，这便是命。命的观念，大概如此。

分限——命——的观念既明，究竟有多少种类，经过详密的分析，大约有下列四种：

（一）自然界给予的分限：这类分限，极为明显易知，如现在天暖，须服薄衣，转眼秋冬来了，又要需用厚衣，这便是一种自然界的分限。用外国语解释，便是自然界对于人类行为，给的一个order，只能在范围内活动，想超过是不能的。人类常常自夸，人力万能征服了自然界，但是到底征服了多少，还是个问题。譬如前时旧金山和日本的地震，人类几十年努力经营的结果，只消自然界几秒钟的破坏，便消灭无余。人类到底征服了自然界多少呢？近几天，天文家又传说彗星将与地球接近，星尾若扫到地面，便要发生危险，此事固未实现，然假设彗星尾与地面接触了，那变化又何堪设想，彼时人类征服自然界的力量又如何呢？这样便证明自然界的力量，委实比我们人类大得多，人类不得不在它给予的分限中讨生活的。

（二）社会给予的分限：凡是一个社会，必有它的时间的遗传和空间的环境，这两样都能给予人们以重要的分限。无论如何强有力的人，在一个历时很久的社会中，总不能使那若干年遗传的结果消灭，并且自身反要受它的影响。即如我中华民国，挂上民治招牌已十六年了，实际上种种举动，所以名实不符者，实在是完全受了数千年历史情力所支配，不克自拔，社会如此，个人亦如此，一人如此，众人亦如此。不独为世所诟病的军阀官僚，难免此情力之支配，乃至现代蓬勃之青年，是否果能推翻情力，不受其支配，仔细思之，当然不敢自信，吾人一举一动，一言一行，所不为情力所干涉者，实不多见的。至于空间方面，亦复如是。现在中国经济状况，日趋贫乏，几乎有全国国民皆有无食之苦的景况，若想用人的力量去改这种不幸的情形，不是这一端改好，那一端又发生毛病，便是那一端改好，这一端又现出流弊。环境的势力，好似一条长链，互相牵掣，吾人的生活，便是在这全国环境互相牵掣的势力支配的底下决定，人为的改造，是不能实现的。小而言之，一个团体，也是这样，凡一个学校，它有学风，某一个在这学校里念书的学生，当然受学风的影响和支配，想跳出学风以外，是不容易的。而这个学校的学风，又不是单独成立的，及与其他学校，发生连带关系。譬如在北京某一学校，它的学风，不能不受全北京学校的学风的影响和支配，而不能脱离，就是这样。全北京的学风，影响到某一校，一校的学风，又影响到某一人，关系是如此其密切而复杂，所以社会在空间上给予人们的分限，是不可避免，而不易改造的。

（三）个人固有的分限：在个人自身的性质、能力、身体、人格、经济诸方面，常有许多不由自主的状态，这便是个人固有的分限。这些分限，有的是先天带来的，有的是受了社会的影响自然形成的，然而其为分限则一。譬如有些人身体好，有些人身体坏，身体好的人每天做十多点钟的功课，不觉疲倦，身体弱的人每天只用功几点钟，便非常困乏，再不停止，甚至患病，像这种差别，是没有法子去平均和补救的。讲其原因，自然是归咎于父母的身体不强壮，才遗传这般的体质。这不独个人为然，即以民族而言，华人同欧美比较，相去实在很远，这都是以前的祖先遗留的结果，不是一时的现象。然而既经堕落到如此地步，再想齐驱并驾，实无方法可施。既曰实行卫生，或可稍图改善，然一样的运动，一样的营养，而强者自强，弱者自弱，想立刻平等，是不可能的。才能经济诸端，尤其易见，有聪明有天才的人，一目十行，倚马万言，资质愚笨的人，自然赶他不上；有遗产的子弟，可以安富尊荣，卒业游学；家境困苦的人，自然千辛万苦，往往学业不完，这种分限，凡为人类，怎能逃脱。身体才能，固然不能变易，即如物质方面之经济力，似乎可以转换，然而要将一个穷学生于顷刻中化为富豪，亦是不能实现的事。物质的限制尚且如此之难去，何论其他，个人分限，诚不可轻视的了。

（四）对手方给予的分限：凡人固然自己要活动，然而同时别人也要活动，彼此原都是一样的。加之人的活动方面，对自然常少，而对于他人的常多，所以人们活动是最易和他人发生关系的。既然如此，人们活动的时候，那对手方对于自己的活动也很有影响，这影响就是分限了。人们对他人发生活动，他人为应付起见，发出相当的活动来对抗，于是自己起了所谓反应，反应也有顺的，也有逆的，遇见顺的，尚不要紧，遇见逆的，则自己的活动将受其限制，而不能为所欲为，于是便构成了对手方的分限。这可以拿施教育者与受教育者做个比方：施者虽极力求其领会，然受者仍有活动的余地，若起了逆的反应，这个教育的方法，便要失败的。此犹言团体行为也，个人对个人也是如此，朋友，夫妇间的关系，何莫不然？无论如何任性的人，他的行为总难免受其妻之若干分限，妻之方面亦同。人生最亲爱者，莫如夫妇，而对手方犹不能不有分限，遑论其他？犹之下棋，我走一着，人亦走一着，设禁止人之移棋，任我独下，自属全胜，无如事实不许，禁止他人，既难做到，而人之一着，常常与我以危险，制我之死命，于是不得不放弃预定计画，与之极力周旋，以求最后之胜利。此即对手分限之说，乃人人相互间，双方行为接触所起之反应了。

此四种分限——再加分析，容或更有——既经明了，只受一种之限制时，已足发生困难，使数十年之工作，一旦毁坏。然人生厄运，不止如是，实际上，吾人日常生活，几无不备受四种分限之包围和压迫。因此，假使有一不知命的人，不承认分限，甚至不知分限，或不注意分限，以为无论何事，我要如何便如何，可以达到目的。此种人勇气虽然很大，动辄行其开步走的主义，一往直前，可是，设使前边有一堵墙，拦住去路，人告诉他前面有墙，墙是走不过去的，而他悍然不顾，以为没有墙，我不信墙的限制，仍然前行。有时前面本是无墙，侥幸得以穿行，然已是可一不可再的成功，今既有墙，若是墙能任意穿行，自然很好，但墙实在是不能通过的东西，于是结果，他碰了墙，碰得头破脑裂，不得不回来，回来改变方向，仍是照这样碰墙，碰了几回之后，一经躺下，比任何软弱人还软弱，再无复起的希望。因他努力自信，总想超过他的希望，不想结果失望，自然一蹶不振，这种人的勇气，不能永久保持，一遇阻碍，必生厌倦，所以不知命——不信分限，专恃莽气的人是很难成功的。

儒家知命的话，在《论语》中有最重要的一句，便是批评孔子说"知其不可为而为之"那一句。可见知其不可为而为之——不知或不信分限，不是勇气；必要知其不可为而为之，才算勇气。明知山上有金矿动手去掘的人，那不算有勇；要明知不可为，而知道应该去做的人，才算伟大。这句话很可以表现孔子的全部人格，也可以作为知命与努力的注脚，"知其不可为"便是知命，"而为之"便是努力，孔子的伟大和勇气，在此可以完全看出了。我们的科学家，或是梦想他的能力可以征服自然界，能够制止地震，固不算真科学家；或是因为知遇地震无法防止，便不讲预防之法,听其自然,也非真科学家。我们的真科学家,必具有下列的精神,便是明知地震是无法控制的,也不作谬妄的大言,但也不流于消极,仍然尽心竭力去研究预防的方法,能够预防多少,便是多少,不因不能控制而自馁,也不因稍一预防而自夸,这种科学家才是真科学家,如我们所需要的。他们的预料,本来只在某一限度,限度之上就应当无效或失败,但他们知道应该做这种工作,仍是勤勉地去做着,尝试复尝试,不妨其多,结果如是失败,原不出其所料,万无失望的打击,幸而一二分的成功,于是他们便喜出望外了。知命之道,如此而已。

这种一二分的成功,为何可喜呢?因为世界的成功,都是比较的,无止境的。中国爱国的人,都想把国家弄得象欧美日本一样富强,好似欧美日本便是国家的极轨一样,谁知欧美日本,也不见得便算成功,国中正有无穷的纷扰哩!犹如列子所语的愚公移山,他虽不能一手把很高的山移完,可是他的子孙能够继续着去工作,他及身虽止能见到移去一尺二尺,也是够愉快,比起来未见分毫的移动,强得多了。成功犹如万万里的长道,一人的生命能力,万不能走完,然而走到中途,也胜与终身不走的哩!所以知命者,明知成功之不可必,了解分限之不可逃,在分限圈制前提之下去努力,才是真能努力的人啊!

我们为何需要真正的努力,因为只有真正的努力,才可不厌不倦。人何以有厌倦,多因不知分限,希望过大,动遭失败,所以如此。知命的人,便无此弊。孔门学问如"学而不厌,诲人不倦","为之不厌,诲人不倦","居之无倦","请益曰无倦","自强不息","不怨天不尤人"诸端。所谓不厌、不倦、不息、不怨、不尤，都是不以前途阻碍而退馁，是消极的知命。如"学而时习之不亦悦乎"，"有朋自远方来不亦乐乎"，都是以稍有成功而自娱，是积极的努力。所以我们不止要排除尊己黜人的妄诞，也宜蠲去羡人恨己的忧伤，因这两者都于事实是无益的。我人徒见美国工人生活舒适，比中国资产阶级甚或过之，于是自怨自艾，于己之地位运动宁复有济。犹之豫、湘人民，因罹兵灾，遽羡妒他省人民，又岂于事实有补。总之，生此环境，丁此时期，惟有勤勉乃身，委曲求全，其他夸诞怨艾之念，均不可存的。

孔子的"发愤忘食，乐以忘忧"工夫，实在是知命和努力的一个大榜样。儒家弟子，受其感化的，代不乏人，如汉之诸葛亮，固知辅蜀讨曹之无功，然而仍以"鞠躬尽瘁，死而后已"为职志者，深明"汉贼不两立，皇室不偏安"之义，晓得应该如此做去，故不得不做，此由知命而进于努力者也。又如近代之胡林翼、曾国藩，固曾勋业彪炳，而读其遗书，则立言无不以安命为本，因二公饱经事故，阅历有得，故谆谆以安命为言，此由努力而进于知命者也。凡人能具此二者，则作事时较有把握，较能持久。其知命也，非为懒惰而知命，实因镇定而知命；其努力也，非为侥幸而努力，实为牺牲而努力，既为牺牲而努力，做事自然勇气百倍，既无厌倦，又有快乐了。所以我们要学孔子的发愤忘食，便是学他的努力；要学孔子的乐以忘忧，便是学他的知命。知命和努力，原来是不可分离，互相为用的，再没有不相容的疑惑了。知命与努力，这便是儒家的一大特色，也是中国民族一大特色，向来伟大人物，无不如此。诸君持身涉世，如能领悟此一语的意义，做到此一层工夫，可以终身受用不尽。